苏州中学校史系列丛书

百草千花
此地繁

千年名校的诗意表达

闵凡军　编著

上海文化出版社

图书在版编目（CIP）数据

百草千花此地繁：千年名校的诗意表达 / 闵凡军编
著 . -- 上海：上海文化出版社，2024.8. -- ISBN 978-
7-5535-3007-9

Ⅰ . I222

中国国家版本馆 CIP 数据核字第 2024JA1471 号

出 版 人　姜逸青
责任编辑　王茹筠
装帧设计　长　岛

书　　名：百草千花此地繁——千年名校的诗意表达
编　著　著：闵凡军
出　　版：上海世纪出版集团　上海文化出版社
地　　址：上海市闵行区号景路 159 弄 A 座 3 楼　201101
发　　行：上海文艺出版社发行中心
　　　　　上海市闵行区号景路 159 弄 A 座 2 楼　201101　www.ewen.co
印　　刷：苏州市越洋印刷有限公司
开　　本：880×1230　1/32
印　　张：6.5
版　　次：2025 年 1 月第一版　2025 年 1 月第一次印刷
书　　号：ISBN 978-7-5535-3007-9/I·1164
定　　价：58.00 元
告读者：如发现本书有质量问题请与印刷厂质量科联系 Tel：0512-68180638

苏州中学校史系列丛书编委会

范仲淹像。1035 年，在苏州南园创办府学（即苏州中学的前身）

道山旧影

道山旧影

1946 年，女生班庆祝复校在道山亭前合影

翠绿道山础园

苏州南园遗影（摄于1936年）

苏州府学旧影

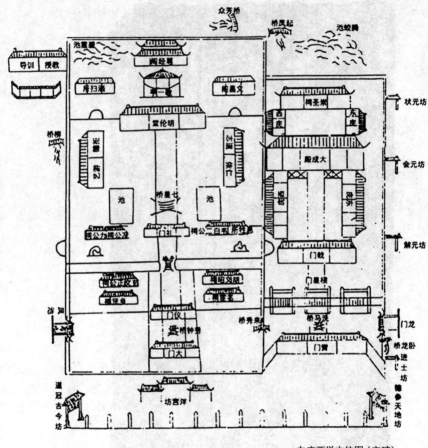

东庙西学方位图（宋碑）

张伯行"紫阳书院碑记"

尊经阁

德善之门

玲珑石（立于 2021 年 12 月 7 日）

序：千年名校的诗意表达

卫　新

　　诗人是山水、名胜、地域最好的代言人。西湖因苏轼、白居易等文人的题诗吟咏，苏堤、白堤才成为西湖著名景点，游人才接踵而至。扬州之于杜牧，黄州之于苏轼，庐山、敬亭山之于李白，枫桥、寒山寺之于张继等，莫不如此。那么诗词与学校结缘会擦出怎样的火花？结论是同样如此。苏州中学就是明证。

　　苏州中学的前身是北宋时期的苏州府学，由名臣范仲淹创办。范仲淹是苏州人，恰好被调任苏州做知州。他看中了位于苏州城郊的南园这块宝地，决定买下来修一座他们范氏家族的私塾。古人很讲究风水，于是他请来风水先生。风水先生说这块地风水特别好，会世代出公卿。范公高风亮节，说：与其我范家一家出人才，不如让苏州一个府出人才，于是他就把那块已经买好的地捐了出来办了府学，时间是 1035 年。自 1035 年办学到今天，校名虽经历了府学（1035）—紫阳书院（1713）—江苏师范学堂（1904）—江苏省苏州高级中学（1927）—江苏省苏州中学（1978）等名称的历史演变，但办学地址始终未变，公办性质始终未变，学校地位也基本未变。有了这些"未变"才得以有雄厚的文化积淀，走进今日的苏州中学，才会有对不同历史时期的穿越，才能有与栖于此地的不同历史时期的人物的对话。

白居易讲："夫有非常之境，然后有非常之人栖焉。"（《沃洲山禅院记》）其实反过来说，"有非常之人，然后有非常之境"同样成立，千年的办学历史证明，这正与反两条都适合苏州中学这块教育圣地。南园黉门是"非常之境"，于是吸引了范仲淹、胡瑗、朱长文、沈德潜、俞樾、王朝阳、汪懋祖甚至乾隆皇帝等"非常之人栖焉"；因为有这些"非常之人栖焉"，于是才营造了这块千年教育圣地，才形成了千年不衰的良性因果循环。因其环境美，俊才多，于是歌咏这块教育圣地的诗词也就多了起来，而这些诗词的广泛传播又进一步为这块庠序之地赋能，助力了它美名的传播。

全国中小学校如恒河沙数，百年老校也数以万计，但千年老校则凤毛麟角了，而皇帝六次光临且六次题诗的千年老校估计绝无仅有。正是有了这些特质，歌咏此地的诗词才多了起来，构成苏州中学深厚文化积淀的重要组成部分。近千年来有多少诗词歌咏此地，因卷帙浩繁，散落各处，难以详知。闵凡军老师利用业余时间，书海钩沉，耗时数年，搜罗了近两百首描写苏州中学千年办学历史的诗词，并作了详细注释与翻译，使湮没于历史烟尘的这些诗词抖落尘土重与读者见面，实属难得。更由于作者在注释中加入了对诗咏对象的历史演变的介绍，因此，这本书从某种程度上说是一部诗化的校史，是千年办学历史的形象化留存，填补了苏州中学校史的一块空白。

希望更多的苏州中学的老师、校友，在平时的阅读中关注描写我校的诗词，以便进一步补充完善。

是为序。

2024 年 7 月 22 日

（作者系苏州中学党委书记）

目 录
contents

第二辑　府学

第三辑　紫阳书院

第四辑　新学

第五辑　附录

第一辑

南园

南园偶题①

[宋] 王禹偁

天子优贤是有唐，鉴湖恩赐贺知章②。

他年我若功成后，乞取南园作醉乡。

【作者简介】

　　王禹偁（chēng）（954—1001），字元之，济州钜野（今山东巨野）人。北宋诗人、散文家、大臣。《宋史》记载他"世为农家"，《邵氏见闻录》中写他家中以磨面为生，所以王禹偁小时候被称为"磨家儿"。他曾追忆过幼时家境贫穷，于战乱中离开故土，颠沛飘零于乱世，叔伯等亲人在旅途中也只能分散而葬，直至迁到济州。王禹偁是典型的寒门才子，读书极为勤奋刻苦，且天资颇高，"十余岁，能属文"，"收萤秋不倦，刻鹄夜忘疲。流辈多相许，时贤亦见推。"太平兴国八年（983）王禹偁进士及第，在成武县干了一年主簿后得到擢升，于雍熙元年（984）秋天来到苏州做长洲知县。咸平元年（998），预修《太祖实录》。因直言讽谏，正色立朝，一贬商州（今陕西商洛），再贬滁州，三贬黄州（今湖北黄冈），故世称王黄州。作《三黜赋》以见志，有"屈于身兮而不屈其道，虽百谪而何亏"之语。王禹偁遇事敢言，喜臧否人物，以直躬行道为己任，为文著书多涉规讽，故不为流俗所容。真宗即位，应诏上疏言五事，系统提出其革新政治的主张：谨边防、减冗兵冗吏、淘汰僧尼、亲大臣而远小人等，开范仲淹推行的庆历新政之先声。

　　他又是北宋诗文革新运动的先驱。王禹偁出生和成长于五代入宋之际，此时的文坛流行"崇白"的风气。宋蔡居厚《蔡宽夫诗话》的"宋初诗风"条指出："宋初沿袭五代之余，士大夫皆宗白乐天诗，故王黄州主盟一时。"苏轼称誉他"以雄文直道独立当世"。王禹偁一生撰著甚富，自编《小畜集》三十卷，《南园偶题》在第七卷有《四部丛刊》影宋刻钞补本。

【注释】

① 选自《王禹偁诗集编年笺注》王延梯、林瑞娥、王成笺注，香港天马出版有限公司2005年3月出版。

② 贺知章晚年告老还乡，唐玄宗诏赐镜湖（又称鉴湖）与他，使镜湖从此成为他满怀依恋的精神故园，成了他灵魂栖息的安顿之所。他在诗文中多次提到镜湖。如《回乡偶书二》："离别家乡岁月多，近来人事半销磨。唯有门前镜湖水，春风不改旧时波。"不仅如此，贺知章离别京城告老还乡时，唐玄宗亲自上阵带领满朝文武前来举办送别仪式，给予贺知章很高的规格。这些送别的人有唐玄宗李隆基、太子李亨、右相李林甫、左相李适之、韦坚、王琚、李璀、康珽、李白、王瑀、于尹躬、齐澣……整个告别仪式宛如兰亭集会，还写了几十首送别诗，至今留下的有三十九首。唐玄宗亲写了《送贺知章归四明》："遗荣期入道，辞老竟抽簪。岂不惜贤达，其如高尚心。寰中得秘要，方外散幽襟。独有青门饯，群僚怅别深。"李白除了应皇帝要求所写的应制诗之外，还因为和贺知章的"知音"关系，另有一首《送贺宾客归越》赠之："镜湖流水漾清波，狂客归舟逸兴多。山阴道士如相见，应写黄庭换白鹅。"享受如此高规格的退休仪式的历史上少有吧。王禹偁深知达不到贺知章的高度，无法实现皇帝主动恩赐他南园的愿望，故用"乞取"，可见他多么喜欢南园。

【翻译】

天子优待贤良要数气象恢弘的大唐，
鉴湖恩赐给告老还乡的老臣贺知章。
他年我如果功成名就告老归田解甲，
只愿求得南园作为饮酒沉醉的梦乡。

【点评】

在苏州做长洲知县的三年是王禹偁最为惬意风雅的时光。他后来写诗回忆苏州的三年——

> 政事多还暇，优游甚不羁。
> 村寻鲁望宅，寺认馆娃基。
> 西子留香径，吴王有剑池。
> 狂歌殊不厌，酒兴最相宜。
> 草织登山履，蒲纫挽舫绥。
> 果酸尝橄榄，花好插蔷薇。
> 震泽柑包火，松江鲙缕丝。
> 三年无异政，一箧有新词。

惠山寺、虎丘寺、真娘墓、吴王墓、吴松江、太湖，美景陶冶下，王禹偁也为这些风景胜地留下大量的诗作。他甚至畅想过致仕之后在苏州的养老生活。南宋叶梦得的《石林诗话》记载了这样一件事：姑苏南园，钱氏广陵王之旧圃也。老木皆合抱，流水奇石，参错其间，最为工，王翰林元之为长洲县宰时，无日不携客醉饮，尝有诗云"他年我若功成去，乞取南园作醉乡。今园中大堂，遂以'醉乡'名之"。王禹偁后来写给友人的书信中曾描述苏州："姑苏名邦，号为繁富，鱼酒甚美，俸禄甚优。"王禹偁唯一的一首传世词作《点绛唇》即写于他担任长洲令期间——

> 雨恨云愁，江南依旧称佳丽。水村渔市，一缕孤烟细。
> 天际征鸿，遥认行如缀。平生事，此事凝睇，谁会凭栏意。

《南园偶题》应写于在苏州为官期间。他公元984年秋来苏州任职，此时北宋建国才二十四年。王禹偁来苏州时钱元僚已去世四十二年，但儿子钱文奉（909—969）又执掌苏州三十年，王禹偁执掌苏州时期钱文奉才去世十五年，钱文奉也和父亲一样是园林的热衷者，他在父亲建造南园的基础上又继续建造了三十年，因此王禹偁知长洲县时正是南园最辉煌的时期。这首七绝通过作者对南园的向往从侧面反映出南园是一块风水绝佳的宝地，是一座辉煌气派的园林。

陪史志道侍郎遍览
南园北第之胜即席赋诗①

[宋] 李　洪

我公胸次妙陶甄，幻出壶中小有天②。

地近沧浪占风月，目吞笠泽饱云烟③。

国杯金盌开新第，燠馆凉台继昔贤④。

闻说傅岩通帝梦，遄归黄阁卧貂蝉⑤。

【作者简介】

李洪，生卒年均不详，约 1169 年前后在世，扬州人，后寓居海盐，工诗，尤工七律。历知温州、藤州，其余事迹均不详。著有文集二十卷，均散佚。后编纂《四库全书》时从《永乐大典》中重辑得诗词三百九十余首，文三十篇，成五卷，附杂文一卷，编成《芸庵类稿》六卷。

【注释】

① 选自《芸庵类稿》。史志道（1206—1292）字复古，号淳然子，平阳（今属山西）人。1224 年慕崇真灵隐真人道行，师事之，真人授以今名，悉传道法。时金元兵扰，志道数年足未出山。天下甫平后，修葺观宇，玄门掌教大宗师赐额为仙人万寿宫，自是聚徒盈千。志道以仁恕接物，道门内外皆称为抱道蕴德之士，所度门徒数百人。同时期有多人诗篇提及他，如李洪还写有《送史志道帅健康》；吴芾（1104—1183）写有《待史志道不至》；曾协有《和史志道侍郎游朝阳岩》等。

② 我公：指史志道。胸次：雄间，亦指胸怀。陶甄：比喻陶冶、教化，指通过教育或训练来培养或改变人的品德或习性。壶中小有天，即"壶中天"或"壶天"，通常指的是道家追求的超凡脱俗的境界，也

可以泛指仙境或胜境。

③ 笠泽：即太湖。

④ 国杯金盌：指贵重的杯子和碗。新第：新建的第宅。燠馆：暖室。这句话是讲对史志道的招待热情且规格高。

⑤ 傅岩：亦称"傅险"，古地名，位于今山西平陆县东，相传商代贤士傅说为奴隶时版筑于此，故称。《孟子注疏》卷十二下："舜发于畎亩之中，傅说举于版筑之间，胶鬲举于鱼盐之中，管夷吾举于士，孙叔敖举于海，百里奚举于市。"遄归：这里指迅速回到原来的地方。黄阁：汉代丞相、太尉和汉以后的三公官署避用朱门，厅门涂黄色，以区别于天子。汉卫宏《汉旧仪》卷上："（丞相）听事阁曰黄阁。"后因以黄阁指宰相官署，这里代指南园宝地。貂蝉：即貂尾和附蝉，古代为侍中、常侍等贵近之臣的冠饰，后借指貂蝉冠。也指侍中、常侍之官。亦泛指显贵的大臣。

【翻译】

我公胸怀纯洁最擅长陶冶修炼，竟造化出超凡脱俗的仙境洞天。
此处靠近沧浪亭占尽清风明月，满眼是浩渺的太湖可饱览云烟。
金樽清酒畅饮于新建成的第宅，暖室凉台承继于钱氏父子先贤。
听说傅岩宝地可通往帝王之梦，来到南园宝地也可成显贵大员。

【点评】

先赞史侍郎修化功成，再赞南园位置绝佳。后两联以傅岩宝地衬托，进一步赞美南园是风水绝佳之地。

南 园①

（苏州十咏之十）

［宋］范仲淹

西施台②下见名园，百草千花特地③繁。

欲问吴王当日事，后来桃李④若为言。

【作者简介】

范仲淹（989—1052），字希文，祖籍邠州（今属陕西），后移居苏州吴县。北宋时期杰出的政治家、文学家。其父在徐州任职时，范仲淹生于此地，两年后父亲病故，范仲淹随母亲回到家乡苏州。四岁时母亲谢夫人改嫁在苏州任职的山东长山县（今山东邹平市）人朱文翰，遂更名朱说(yuè)，当年母子随朱文翰回到长山县，直至二十三岁，在长山生活了二十年。大中祥符八年（1015）范仲淹苦读及第，授广德军司理参军。后历任兴化县令、秘阁校理、陈州通判、苏州知州、权知开封府等职，因秉公直言而屡遭贬斥。宋夏战争爆发后，康定元年（1040），与韩琦共任陕西经略安抚招讨副使，采取"屯田久守"的方针，巩固西北边防，对宋夏议和起到促进作用。西北边事稍宁后，宋仁宗召范仲淹回朝，授枢密副使。后拜参知政事，上《答手诏条陈十事》，发起"庆历新政"，推行改革。不久后新政受挫，范仲淹自请出京，历知邠州、邓州、杭州、青州。皇祐四年（1052），改知颍州，在扶疾上任的途中逝世于徐州。范仲淹墓位于今洛阳伊川县彭婆乡许营村北。墓地内遍植古柏，共达五百二十余株。其母及子孙均葬于此。宋仁宗亲书其碑额为"褒贤之碑"。后累赠太师、中书令兼尚书令、魏国公，谥号"文正"，世称范文正公。至清代以后，相继从祀于孔庙及历代帝王庙。范仲淹文武兼备、智谋过人，无论在朝主政、出帅戍边，均系国之安危、时之重望于一身。他领导的庆历革新运动，虽只推行一年，却开北宋改革风气之先，成为王安石"熙宁变法"的前奏。其文学成就也较为突出。他倡导的"先天下之忧而忧，后天下之乐而乐"的思想和仁人志士节操，对后世影响深远。1035年在苏州南园创办府学（苏州中学的前身），开东南官办学校之先河。王安石称其："名节无玼。"苏轼称其："出为名相，处为名贤；乐在人后，忧在人先。"欧阳修称其："公少有大志，每以天下为己任。"黄庭坚称其："范文正公，当时文武第一人。"朱熹称其："天地间气，第一流人物。"毛泽东称其："中国历史上不乏建功立业的人，也不乏以思想品德影响后世的人。前者如诸葛亮、范仲淹，后者如孔孟等人。但两者兼有，即办事兼传教之人，历史上只有两位：即宋代的范仲淹与清代的曾国藩。"有《范文正公文集》传世。

【注释】

①选自《范文正公集·苏州十咏》，北京图书馆出版社2006年10月出版。南园：朱长文《苏学十题》载"苏学，故南园之地。南园者，钱元璙之所作也。钱侯好治园林，筑山浚池，植异花木充其中。未久，归于国朝。百年承平之间，万物茂遂，得桓其生。厥后割南园之异隅以为学舍，遗址余木，迄今有存者"。朱长文的《吴郡图经续记》也说钱元璙"颇以园池草木为意，建南园、东圃及诸别第"，又说：元璙"好治林圃，醽流以为沼，积土以为山，岛屿峰峦，出于巧思，求致异木，比及积岁，皆为合抱，亭宇台榭，值景而造，所谓三阁，名品甚多，二台、龟首、旋螺之类"。范成大的《吴郡志》载："南园，吴越广陵王元璙之旧圃也。老木皆有抱，流水奇石，参差其间。王禹偁为长洲县令，尝携客醉饮。"这些记载无不涉及钱元璙这个人物。钱元璙（887—942），字德辉，钱塘（今浙江杭州）人，原名钱传璙，是五代十国吴越国武肃王钱镠的第六子，文穆王钱元瓘的哥哥。文穆王钱元瓘即位，改传璙为元璙。其人性简约，习弓马。他在苏州三十年，去世时以王

礼安葬，谥号"宣义"。钱元璙的儿子钱文奉也是一个狂热的园林建造者，它扩筑南园、建造东墅，均为吴中名胜。北宋路振撰写的《九国志》载，钱文奉曾"三十年间，极园池之赏。奇卉异木及其身，见皆成合抱。又累土为山，亦成岩谷。晚年经度不已，每燕集其间，任客所适。文奉跨白骡，披鹤氅，缓步花径，或泛舟池中"。经过父子两代人的努力，南园当时之盛况可见一斑。现今苏州中学校园内的道山及南北两池就是那时遗留下的。当南园后来分封给范仲淹作私家领地时，南园因岁月侵蚀、战火破坏已经坍圮成残垣断壁了。与范仲淹同时代的梅尧臣写过《重过南园》："谁作此园为宴喜，而今乐事已难并。佳人去后门长锁，蔓草离离上古城。"这首诗不知写于哪一年，可以证明的是此时南园已开始荒芜。有意思的是同时代的周元明也写过《南园》："熳烂花时锦绣张，无端下马系垂杨。山亭水阁笙歌地，合与行人作醉乡。"按照此诗的描绘南园还是较繁盛的，可见范仲淹捐地办府学时，南园应是荒芜不久，很多遗物应该都还存在的。大致推算，南园从开始建造到毁弃大约百年左右。南园位置大约北至十梓街，南至护城河，东至苏州大学，西至东大街。

②西施台：即姑苏台。唐张守节《史记正义》和宋范成大《吴郡志》都认为姑苏台在姑苏山上。清刑部郎中汪琬和江苏巡抚宋荦都曾登台游览。民国元老李根源曾在和合山（姑苏山）见"石池石壁，皆人工造作，非天然物，台四周隐隐有建筑遗迹"，现为公墓。东汉《越绝书》："春夏治姑胥之台。"唐陆广微《吴地记》载："阖闾十一年，起台于姑苏山，因山为名。""后夫差复高而饰之"。那么姑苏山在哪里呢？北宋《吴郡图经续记》："姑苏山，在吴县西三十五里，连横山之北，或曰姑胥，或曰姑余，其实一也。传言阖庐作姑苏台，一曰夫差也。"公元前473年，越军破吴后焚毁了姑苏台。公元前210年，秦始皇"因奏吴，上姑苏台"；司马迁在弱冠之年"登姑苏，望五湖（太湖）"。李白、杜甫和白居易等著名诗人也都有登台凭吊的诗句。隋开皇九年（589）二月，隋将宇文述平定吴地，取姑苏山之名，改吴州为苏州，苏州之

名从此叫响。

③ 特地：格外。

④ 桃李：这里双关，照应前面的"百草千花特地繁"，此"桃李"为桃李树。比喻老师辛勤栽培的学生。1035 年范仲淹在南园这块本属自家的龙头宝地办起了"府学"，开启了东南官办学校的先河，为国家培养了大批人才。

南 园①

[宋]范仲淹

南园万树花，极目②春芳丽。
林下老成人③，相招植松桂④。

【作者简介】

见前。

【注释】

① 选自《范文正公集》，北京图书馆出版社 2006 年 10 月出版。

② 极目：满目，充满视野。

③ 老成人：指品德忠厚且为人处世老城持重的人。

④ 松桂：这两种树在中国传统文化中都有吉祥美好的寓意。松柏四季常青不惧严寒，故有"岁寒，然后知松柏之后凋也"；桂冠，折桂，寓意科举中榜。因桂树叶碧绿油润，我国古代把夺冠登科比喻成折桂，古时科举考试正处在秋季，恰逢桂花开放的时候，故借喻高中进士。南园作为范仲淹创办府学的地方，故多植松、桂，希望培养更多的优秀人才。

题南园①

[宋]梅挚

一

长洲茂苑②足珍材，剩买③前山活翠④栽。
客土不疏承帝力⑤，几多臣节共安来。

二

长洲茂苑占幽奇⑥，岩榭珍台入翠微。
园李露浓三色秀，径桃⑦烟暖一香飞。
月临夕树乌频绕，风揭珠帘燕未归。
弭盖⑧暂欢成结⑨恋，斜阳凭栏独依依。

【作者简介】

梅挚（994—1059），字公仪，北宋成都府新繁县人，宋仁宗天圣五年（1027）进士，历官大理评事，殿中侍御史，天章阁待制，龙图阁学士，龙谏议大夫；并先后出任蓝田上元知县，苏州通判，开封府判官，陕西都转运使，昭州、滑州、杭州知州，江宁府、河中府知府等地方官。

【注释】

① 选自《全宋诗》，北京大学古文献研究所编，北京大学出版社1998年12月出版。

② 长洲茂苑：长洲历史上是苏州地区的一个县。武则天万岁通天元年（696），析吴县东部分置长洲县，两县同城而治，同属于苏州管辖。茂苑：即长洲苑，古苑名。春秋时为吴王阖闾游猎之处。《越绝书》："阖

间走犬长洲。"白居易作"春入长洲草又生，鸥鹧飞起少人行。年深不辨娃宫处，夜夜苏台空月明"。宋朝米芾的《阊门舟中戏作呈伯原志东其二》："吴王故苑古长洲，潮汐池边一仁留。秀蕙芳兰无处所，荒莞丛苇满清流。"左思《吴都赋》："造姑苏之高台，临四远而特建。带朝夕之浚池，佩长洲之茂苑。"白居易《登阊门闲望》："曾赏钱塘嫌茂苑，今来未敢苦夸张。"文徵明《次韵履仁春江即事》："洞庭烟霭孤舟远，茂苑芳菲万井明。"后茂苑也作苏州的代称。

③ 剩买：多买。

④ 活翠：鲜活翠绿的植被。

⑤ 帝力：帝王的作用或恩德。

⑥ 幽奇：幽雅奇妙。

⑦ 径桃：路旁的桃树。

⑧ 弭盖：谓控驭车驾徐徐而行。盖：车盖，借指车。李益《将赴朔方早发汉武泉》诗："弭盖出故关，穷秋首边路，问我此何为，平生重一顾。"

⑨ 成结：结婚。宋代孟元老《东京梦华录·娶妇》："次下财礼，次报成结日子。"

【翻译】

鲜花烂漫的时节这里像铺开锦绣彩章，

我油然下马然后把它拴在水岸的垂杨。

这里是遍布山亭水榭的欢乐悠闲之地，

应该与游人一起把它作为迷人的故乡。

【点评】

首句写景，次句写人，写人为衬景之美也。后两句直抒胸臆，希望这笙歌之地的他乡能作为自己的故乡。南园之美可见一斑。

与周元明游南园①

[宋] 胡 宿

一遍芳菲欲满林，回塘过雨晓来深②。

红妆珠佩交花影，白马春衫度柳阴。

向老③追攀多强意，随时风物但惊心。

眼前百事输年少，犹解因君放浪吟④。

【作者简介】

胡宿（995—1067），字武平，常州晋陵县（今江苏常州市）人。北宋大臣。宋仁宗天圣二年（1024）进士，起家扬子县尉，历任宣州通判、湖州知州、两浙转运使、杭州知州、翰林学士等，累迁枢密副使，以居安思危、宽厚待人、正直立朝著称。治平四年，以太子少师致仕，病逝于家中，谥号文恭。有《文恭集》传世。《宋史》有传。

【注释】

① 选自《钦定四库全书·集部·文恭集》卷四。

② 回塘：亦作"廻塘"，曲折的堤岸。李善注引《广雅》："塘，堤也。"这里指环曲的水池。温庭筠《商山早行》诗："因思杜陵梦，凫雁满回塘。"

③ 向老：将近老，接近老。向：将近，接近。李商隐《乐游原》："向晚意不适，驱车登古原。夕阳无限好，只是近黄昏。"梅尧臣《和应之还邑道中见寄》："向老思旧交，欲见恨无翅。"

④ 解：懂得。放浪：放荡，放纵不受拘束。唐代吴筠《高士咏·柏成子高》："大禹受禅让，子高辞诸侯。退躬适外野，放浪夫何求。"

南 园[1]

［宋］周元明

熳烂花时锦绣张[2]，无端[3]下马系垂杨。
山亭水阁笙歌地，合[4]与行人作醉乡[5]。

【作者简介】

生平不详，与胡宿同时代，两人有交集。

【注释】

① 选自《全宋诗》，北京大学古文献研究所编，北京大学出版社1998年12月出版。

② 锦绣张：即张开的锦绣，这里比喻各种鲜花盛开就像铺展开的精美鲜艳的丝织品。

③ 无端：没有来由。这里是说完全被这里的美景所吸引才下马驻足观光的。

④ 合：应当，应该。韦庄《菩萨蛮》：“人人尽说江南好，游人只合江南老。”

⑤ 醉乡：醉酒后神智不清的境界，这里指美好境界。元代徐再思《蟾宫曲·西湖夏宴》：“只此是人间醉乡，更休提人间天堂。”

【点评】

首句写景，次句写人，写人为衬景之美也。后两句直抒胸臆，希望这笙歌之地的他乡能作为自己的故乡。南园之美可见一斑。

重过南园^①

［宋］梅尧臣

谁作此园为宴喜，而今乐事已难并^②。

佳人去后门长锁，蔓草离离^③上古城。

【作者简介】

梅尧臣（1002—1060），字圣俞，宣州宣城（今属安徽）人。宣城古称宛陵，故世称他为宛陵先生。北宋著名的现实主义诗人。皇祐三年（1051）始得宋仁宗召试，赐同进士出身，为太常博士。因欧阳修推荐，为国子监直讲，累迁尚书都官员外郎，故世称"梅直讲""梅都官"。曾参与编撰《新唐书》，并为《孙子兵法》作注。有《宛陵先生文集》六十卷。

【注释】

① 选自《宛陵先生文集》，北京图书馆出版社，2004 年 12 月出版。

② 并：这里读（bīng）。属于下平八庚韵。这句话是说当年在南园与佳人宴喜的美事再也不会有第二次了。

③ 蔓草离离：此句写出了南园的荒芜之状。梅尧臣与范仲淹同时代人，这也佐证了范仲淹当年在南园办学时，南园已是残垣断壁，一片荒芜了。蔓草：爬蔓的草，这里指野草。离离：盛多貌。如白居易《赋得古原草送别》："离离原上草，一岁一枯荣。"

【点评】

当年可供游览、宴请的地方，而今已是人去楼空，野草离离。沧桑兴衰之叹，惋惜之情流露字里行间。

依韵和乌程子著作四首其三早春游南园①

[宋] 梅尧臣

东国春归早,南园百卉宜。

萱芽开翠颖,杏萼破烟姿②。

青垅将鸣雉,乔林未啭鹂③。

石尤风莫起,芳物畏君吹④。

【作者简介】

见前。

【注释】

① 选自《宛陵先生文集》,北京图书馆出版社,2004 年 12 月出版。依韵:诗学术语,是与次韵、用韵相并列的一种和韵方式。它指在和诗时采用与所和诗相同韵部的其他字做韵脚,也就是说,韵脚用字只要求与原诗同韵部而不必同字。这是一种比较自由的和韵方式。

② 开翠颖:指新芽从绿色的苞片中长出来。颖:禾的末端,植物学上指某些禾本科植物小穗基部的苞片。烟姿:轻盈美好的姿态。

③ 雉:野鸡。

④ 石尤风:传说古代有商人尤某娶石氏女,情好甚笃。尤远行不归,石思念成疾,临死叹曰:"吾恨不能阻其行,以至于此。今凡有商旅远行,吾当作大风为天下妇人阻之。"见元伊世珍《琅嬛记》引《江湖纪闻》。后因称逆风、顶头风为"石尤风"。

【翻译】

东方的春天来得最及时,南园的百花生长正适宜。

萱草的嫩芽已钻出绿苞，杏花破苞显出轻盈身姿。

青色田垄将有野鸡鸣叫，乔木林还没鸣叫的黄鹂。

顶头风千万不要刮起啊，春芳万物最害怕你狂吹。

【点评】

首联点出初春季节，中间两联紧扣初春时节，通过对萱草、杏萼、田垄，树林四个意象的特征描绘，突显初春之相。尾联希望莫刮顶头风，表达了对新生物的爱惜之情。

减字木兰花·南园清夜①

［宋］贺 铸

南园清夜。临水朱阑垂柳下。从坐莲花②。潋滟觥船泛露华③。

酒阑歌罢。双□前愁东去也④。回想人家。芳草平桥一径斜。

【作者简介】

贺铸（1052—1125），字方回，又名贺三愁，人称贺梅子，今河南省卫辉市人。出身贵族，宋太祖贺皇后族孙，所娶亦宗室之女。自称远祖本居山阴，是贺知章后裔，以知章居庆湖（即镜湖），故自号庆湖遗老。贺铸长身耸目，面色铁青，人称贺鬼头，曾任右班殿直、泗州、太平州通判。晚年退居苏州，杜门校书。不附权贵，喜论天下事。贺铸能诗文，尤长于词，其词兼有豪放、婉约二派之长。他用韵特严，富有节奏感和音乐美。部分描绘春花秋月之作，意境高旷，语言清丽哀婉，近秦观、晏几道。其爱国忧时之作，悲壮激昂，又近苏轼。南宋爱国词人辛弃疾等对其词均有续作，足见其影响。有《庆湖遗老诗集》《东山词》传世。

【注释】

① 选自《东山词》，钟振振校注。1989 年上海古籍出版社出版。清夜：寂静的夜。

② 从坐莲花：这里指垂柳扶水牵连到莲花。从坐：犹连坐，因别人犯罪牵连而受处罚。

③ 觥船：容量大的饮酒器。露华：清冷的月光。

④ 酒阑：谓酒筵将尽。"双"字后面一字脱漏，无法辨认。

【翻译】

南园的夜静悄悄的，岸柳下是寂寂无人的临水的朱栏。垂柳扶水不时搅动了静立的莲花。大酒杯里酒波晃动，摇动着清冷的月光。

酒筵将近，歌舞歇停，愁绪也随水东去，脑海里又浮起佳人的身影。抬眼往来路望去，芳草无边，平桥处是一条寂静无人的弯弯的小路。

【点评】

上片写景，突出幽静；下片写人，突出内心情感的波动。此时府学已兴起几十年，南园也已开始走向衰落，但从描写看南园胜迹犹在。

南 园①

[明] 高 启

君不见平乐馆②，古城何处寒云满。

君不见奉诚园③，荒台无踪秋草繁。

白日沉山水归海，寒暑频催陵谷改④。

皇天大运有推移，富贵于人岂长在。

请看当年广陵王⑤，双旌六纛⑥何辉光。

幸逢中国久多故，一家割据夸雄强。

园中欢游恐迟暮⑦，美人能歌客能赋。

车马春风日日来，杨花吹满城南路。

叠石为山，引泉为池，辟疆旧园何足奇。

经营三十年⑧，欲令子孙永保之。

不知回首今几时，繁华扫地无复遗。

门掩愁鸥啸风雨，种菜老翁来作主。

空余怪石卧池边，欲问兴亡不能语。

春已去，人不来。

一树两树桃花开，射堂踘圃⑨俱青苔。

何须雍门琴⑩，但令对此便可哀。

人生不饮胡为哉？人生不饮胡为哉？

【作者简介】

高启（1336—1374），汉族，字季迪，号槎轩，吴郡长洲（今江苏苏州市）人，元末明初著名诗人。元末曾隐居吴淞江畔的青丘，于是自号"青丘子"。高启才华高逸，学问渊博，能文。明初曾受诏入朝授翰林院编修，修《元史》。他尤精于诗，与刘基、宋濂并称明初诗文三大家；又与杨基、张羽、徐贲并称"吴中四杰"。他也是明初十才子之一。洪武三年（1370）秋，朱元璋拟委任他为户部右侍郎，他固辞不受，被赐金放还；但朱元璋怀疑他作诗讽刺自己，对他产生忌恨。高启返青丘后，以教书治田自给。苏州知府魏观修复府治旧基，高启为此撰写了《上梁文》，因府治旧基原为张士诚宫址，有人诬告魏观有反心，魏被诛，高启也受诛连，被处以腰斩而亡。著有诗集《高太史大全集》，文集《凫藻集》，词集《扣舷集》。

【注释】

① 选自《高太史大全集》卷十一，商务印书馆 2000 年 1 月出版。

② 平乐馆：在今陕西省西安市西北，为西汉上林苑内宫观之一。

③ 奉诚园：系唐代司徒马燧的旧宅。

④ 白日沉山水归海，寒暑频催陵谷改：这两句是说随着时间的流逝，南园已由昔日的富丽堂皇变成了一片残垣断壁。"白日沉山水归海"一句用太阳落山，河流入海，比喻时间的流逝，世事变迁。陵谷：比喻自然界或世事巨变。

⑤ 广陵王：即钱元璙（886—942），字德辉，初名传璙，浙江临安人，吴越国王钱镠的第六子。曾任苏州刺史三十年，苏州历史上最大的园林——南园即为他所建。《吴郡志》载："南园，吴越广陵王元璙之旧圃也。老木皆有抱，流水奇石，参差其间。王禹偁为长洲县令，尝携客醉饮。"

⑥ 双旌：唐代节度史出行时的仪仗，泛指高官之仪仗，也借指高官。六纛：六面军中大旗。《新唐书·百官志四下》："节度使掌总军旅，颛诛杀……辞日，赐双旌双节，行则建节，树六纛。"这句是写当年钱元璙的风光气势。

⑦ 迟暮：指黄昏；比喻晚年、暮年。出自《楚辞·离骚》："唯草木之零落兮，恐美人之迟暮。"王逸注："迟，晚也……而君不建立道德，举贤用能，则年老耄晚暮，而功不成事不遂也。"

⑧ 经营三十年：钱元璙在苏州任刺史三十年，说明他甫到苏州就开始经营南园，直到他去世依然没有完工，他儿子继续接着经营。

⑨ 射堂：古时习射的场所。鞠：古代游戏用的一种球。这里泛指游乐场所。

⑩ 雍门琴：又做雍门鼓琴，也指一种曲调。相传雍门子周以善琴见孟尝君。孟尝君曰："先生鼓琴亦能令文悲乎？"雍门子周曰："臣何独能令足下悲哉……天下未尝无事，不从则横。从成则楚王，横成则秦帝，楚王秦帝，必报仇于薛矣。……天下有识之士无不为足下寒心酸鼻者，千秋万岁之后，庙堂必不血食矣！"孟尝君闻之悲泪盈眶。子周于是引琴而鼓，孟尝君增悲流涕曰："先生之鼓琴，令文立若破国亡邑之人也。"见汉刘向《说苑·善说》。《三国志·蜀志·郤正传》："雍门援琴而挟说，韩哀秉辔而驰名。"后因以"雍门琴"指哀伤的曲调。

【翻译】

君不见上林苑里平乐馆，古城处处寒云翻。

君不见唐代奉诚园，荒台已无踪影，秋草无际纷繁。

太阳已经落山，江河已归大海，寒来暑往催促世事变迁。

皇天的大运也会变幻，富贵对于人岂能久远千年？

请看当年的广陵王钱元璙，仪仗严整旌旗蔽日，曾是何等光鲜。

有幸赶上中原多变故，钱家割据一方高墙雄关。

园中欢游唯恐芳华老去，美人能歌善舞客人诗句连篇。

在春风中车马日日来，城南路上柳絮也起舞翩跹。

叠石为山，引泉为池，开辟旧园哪里值得称奇。

苦心经营三十载，欲令子孙永保鲜。

却不想回首今日才几时，已是繁华扫地断壁残垣。

门掩黄昏忧愁老鹰在风雨中长啸，种菜老翁竟成这里的主官。

怪石僵卧在池边，询问其成败兴亡却不能言。

春天又转眼逝去，昔人却再也不能回来流连。

一树两树桃花又开始盛开，那些游乐场所都已遍布苔藓。

何须雍门琴弹奏哀伤的曲调，只要面对此景便可心生哀怜。

人生不畅饮干什么呢？人生不畅饮干什么呢？

【点评】

作者通过南园的昔盛今衰，表达了人事变迁的感慨，结尾的反复表达了人生得意须尽欢的消极情绪。

江上晚过邻坞看花，因忆南园旧游①

［明］高 启

去年看花在城郭②，今年看花向村落。

花开依旧自芳菲，客思居然成寂寞。

乱后城南花已空，废园门锁鸟声中。

翻怜此地春风在，映水穿篱发几丛。

年时游伴俱何处，只有闲蜂随绕树。

欲慰春愁无酒家，残香细雨空归去。

【作者简介】

见前。

【注释】

① 选自《高太史大全集》卷八，商务印书馆 2000 年 1 月出版。

② 城郭：城，指内城的墙；郭，指外城的墙。后代指内城和外城。
孟浩然《过故人庄》："绿树村边合，青山郭外斜。"

【点评】

从高启诗中看出，元末明初南园已经荒废成断壁残垣，但钱元僚
所建南园的痕迹尚在。

第二辑

府 学

苏学十题（并序）①

[宋] 朱长文

苏学②昔有十题，曰泮池、玲珑石、百斡黄杨、公堂槐、辛夷、石楠、龙头桧、蘸水桧、鼎足松、双桐是也。或云苏子美③命名，然篇咏莫传，殆④有其名而无其辞也。予顷⑤至学中，访所谓十题者，其存有六，而龙头桧、蘸水桧、鼎足松、双桐亡矣。

苏学，故南园之地。南园者，钱元璙之所作也。钱侯⑥好治园林，筑山浚池，植异花木充其中。未久，归于国朝⑦。百年承平⑧之间，万物茂遂⑨，得桓其生。厥后⑩割南园之异隅以为学舍，遗址余木迄今有存者。而建学之后，继有培植，然间有⑪为风霆之所偃拔⑫，卒隶⑬之所摧毁，甚可太息！夫亡则已矣，其存者当为之珍惜。因取六物，又益之以多斡柏、并秀桧、新杉、泮山复为十题，题各有诗，以传来者，庶几⑭观是诗而爱其物，勿剪勿伐，则驺虞⑮之仁，行苇⑯之厚，见于学校之间矣。岂止孔明庙柏摅少陵之幽情⑰，太清仙桧发曼卿之奇藻⑱，好事博雅，为之嗣音⑲。

元祐壬申正月十有四日，许州司户参军⑳，充㉑苏州州学教授朱长文。

【作者简介】

朱长文（1041—1100），字伯原，号乐圃、潜溪隐夫，苏州人。因所居园宅名为"乐圃"，故时人尊称他为"乐圃先生"。北宋书学理论家，所编著《墨池编》《续书断》等，颇为世重。仁宗嘉祐四年进士，以足病不试吏。筑室乐圃坊，筑书阅古，名动京师。哲宗元祐中召为太学博士，迁秘书省正字。是苏州府学继胡瑗之后的第二任掌教。著述甚富，六经皆有辩说，另有《吴郡图经续记》《墨池编》《琴台志》《乐圃馀稿》等。

【注释】

① 选自《钦定四库全书·集部·乐圃馀稿》卷二。朱长文在《吴郡图经续记》"学校"一节专讲府学，最后一段写到："学中有十题，曰辛夷、百干黄杨、公堂槐、鼎足松、双桐、石楠、龙头桧、蘸水桧、泮池、玲珑石。或云苏子美尝掌学，命名也。"这里记载的"十题"名称与《苏学十题》相同，只是顺序有异。到朱长文时期这"十题"中的景物只剩下六种，所以吟咏的对象与《苏学十题》《吴郡图经续记》上记载的数目一致，但具体名目有所不同。在组诗里，鼎足松变成了多干柏，龙头桧、蘸水桧变成了并秀桧。没有了双桐，增加了新杉、泮山两项。写诗应该是后来的事情，两棵桐树或已枯死，又补种了杉树，所以名为新杉。

② 苏学：苏州府学。

③ 苏子美：苏舜钦（1008—1048），字子美，北宋时期大臣。苏州沧浪亭为其所建，他的《沧浪亭记》对此有详细记载。

④ 殆：大概，恐怕。

⑤ 顷：不久

⑥ 钱侯：即钱元璙（887—942），字德辉，杭州人。五代十国的吴越国武肃王钱镠的第六子。在苏州三十年，死后晋封为广陵郡王。

⑦ 国朝：宋朝，旧时称本朝为"国朝"。

⑧ 承平：长久太平。

⑨ 茂遂：茂盛，旺盛。

⑩ 厥后：他之后。厥：代词，其。

⑪ 间有：或有，偶有。

⑫ 偃拔：有伏有立。

⑬ 卒隶：指服兵役劳役的人。这里代指"兵火"。

⑭ 庶几：或许可以，表希望的语气词。

⑮ 驺虞：古代传说中的仁兽，最早见于《山海经》："林氏国有珍兽，大若虎，五彩毕具，尾长于身，名曰驺虞，乘之日行千里。"据说它生性仁慈，不食活物，只食死物。

⑯ 行苇：路旁的芦苇。《诗经·大雅·行苇》："敦彼行苇，牛羊勿践履。"《毛诗序》认为行苇泛言周王朝先世之忠厚。后专用为仁慈的典故。

⑰ 孔明庙柏摅少陵之幽情：摅，抒发。少陵：杜甫自号"少陵野老"。杜甫流寓四川期间曾瞻仰武侯祠，并写了著名七律《蜀相》，表达了对蜀汉丞相诸葛亮雄才大略、辅佐两朝、忠心报国的称颂以及对他出师未捷身先死的惋惜。

⑱ 太清仙桧发曼卿之奇藻：奇藻，非凡的文才。宋朝时道教兴盛，宋真宗对老子尊崇有加，在今太清宫镇一带大兴土木，扩建太清宫、洞霄宫、明道宫。太清宫旁的隐山风景俏丽，为名人佳士游历之处，也是历代隐士之居。石曼卿怀才不遇，遂饮酒自放，愤世嫉俗，隐山、隐灵山一带便成了他经常游乐的去处，并作"太清宫九咏"，惜已失传，而范仲淹为其所作的《太清宫九咏序》尚在。

⑲ 嗣音：保持音信。《诗·郑风·子衿》："纵我不往，子宁不嗣音。"

⑳ 司户参军：宋代管理户籍、赋税、仓库交纳事务的官。

㉑ 充：担任。

【翻译】

苏州府学当年有十首记录校园胜景的诗，它们是《泮池》《玲珑石》《百幹黄杨》《公堂槐》《辛夷》《石楠》《龙头桧》《蘸水桧》《鼎足松》《双桐》。有人说这是苏舜钦所写，然而这些诗却没有流传下来，大概是只有名而没有了内容。我不久到了府学，寻访这十首诗所记载的事物，只有六种还在，而龙头桧、蘸水桧、鼎足松、双桐却没有了。

苏州府学位于过去南园所在的地方。南园是钱元璙所建。他喜欢建造园林，筑山挖池，并在其中种植些奇异的花草树木。不久，南园归于宋朝。百年持久太平期间，这里万物茂盛，得以生长高大。之后，在南园的一角开辟成为了学舍，遗址上余下的树木，直到现在还存在。建学之后，接着又栽种培植了不少新的，然而偶有被暴风雷霆或兵火所摧毁，很是令人叹息！毁去的永远失去了，而那些存活者应当加以珍惜。于是我选取了剩余的六种，又增加了多幹柏、并秀桧、新杉、泮山，重新恢复至十种，每种各题一诗，用来传给后来的人，或许可以使他们看到这些诗而爱上这些事物。不要砍伐糟蹋，那么驺虞般的仁慈和路旁芦苇的敦厚则呈现于学校之中。这岂止是杜少陵面对武侯祠里的郁郁松柏所抒发的深情和石曼卿面对太清仙桧所写出的清词丽句。于世有益的雅事，应该让它永久流传。

公元 1092 年正月十四日，许州司户参军、苏州州学教授朱长文撰序。

其一　泮池①

怪石铺幽麓②，芳塘倚茂林。

冷光开玉镜，清影涤人心。

芹藻无伤性③，龟鱼各就深。

泉源应不涸，何必傅岩霖④。

① 泮池:"泮池"又称"泮宫",是位于大成门正前方的半月形水池,意即"泮宫之池",它是官学的标志。依古礼,天子太学中央有一座学宫,称为"辟雍",四周环水,而诸侯之学只能南面泮水,故称"泮宫"。又因孔子曾受封为文宣王,所以建"泮池"为其规制。《诗经·泮水》篇有"思乐泮水,薄采其芹"等句,意思是说古时士子在太学,可摘采泮池中的水芹,插在帽缘上,以示文才。泮池上一般有石桥,或拱或平、或三座三洞、或单座多洞不等,被称为泮桥。科举考试时,学生过桥去拜孔子,称为"入泮"。苏州府学的泮池、泮桥维护完好,仍是学校的一大景点。

② 幽麓:幽静的山脚下,也可用来表示幽深僻静的处所。麓:山脚下。

③ 芹藻无伤性:芹藻自由恣意的生长。

④ 岩霖:山上的雨水。

其二　玲珑石①

巨浪洗苍玉②,一峰飞我前。

凿开混沌窍,窥见沧浪天。

洞敞延③华月,岩虚生翠烟。

幽轩相对久,古意日翛然④。

【注释】

① 苏州府学内原有玲珑石,是苏州府学十大景点之一,后这块石头不翼而飞。2021年12月7日,值苏州府学986年,新学117年校庆日,1991届校友捐献了一块新的玲珑石,矗立于泮桥之南,泮水居(学校食堂,张昕校长主持工作时于2010年所建并亲自命名)之北,从此恢复了这一景点。

② 苍玉：青绿色玉石。《山海经·北山经》："又东南三百二十里，其上多苍玉，多金，其下多黄垩，多湟石。"为什么说这块石头是"巨浪"洗炼出来的苍玉？读了吴宽的和诗"奇特非常品，来从建学前。久为钱氏物，中有洞庭天"就清楚了：五代时，钱元璙在苏州城南建造南园，苏州府学因建在南园旧址中，故府学里的这块玲珑石是钱氏南园的遗物。"中有洞庭天"就是点明这是一块太湖石。太湖西山岛又名洞庭西山，岛上有神仙洞府，也出产玲珑剔透的太湖石。

③ 延：邀请，请。陶渊明《桃花源记》："各复延至其家，皆出酒食。"罗贯中《三国演义》："饮宴既毕，谦延玄德于上座。"

④ 倏然：形容无拘无束，自由自在的样子。

其三　百干黄杨

宝干多材美，孤根一气同①。
春余②花淡薄，雪里叶青葱。
蕃衍非人力，坚刚禀化工③。
寸枝裁玉轸，可助舜南风④。

【注释】

① 一气同：本指同一帮派，声气相通；同伙。这里是说这棵黄杨同一个根系长出很多棵黄杨。引申一下，意思是说府学为根，培养出来的学生多有良材。南宋诗人王十朋的《黄杨》诗也写到："百干同根，森如弟昆。千枝其子，万叶其孙。"

② 春余：春天将尽未尽之时。南朝梁元帝《采莲赋》："夏始春余，叶嫩花初，恐沾裳而浅笑，畏倾船而敛裾。"

③ 蕃衍非人力，坚刚禀化工：这两句是互文，意思是说这棵黄杨的繁衍与坚强的秉性都不是人力所为，而是自然的造化之工。

④ 寸枝裁玉轸（zhěn），可助舜南风：砍下寸枝可以做成精美的琴

瑟，帮助人民歌唱虞舜的《南风》。玉轸：玉制的琴柱，借指琴瑟。南风，即《南风歌》："南风之薰兮，可以解吾民之愠兮。南风之时兮，可以阜吾民之财兮。"这是一首上古歌谣，它借舜帝口吻抒发了先民对"南风"既赞美又祈盼的双重感情。因为，清凉而适时的南风，对万民百姓不可缺少。

其四　公堂槐

五纪栽培后①，三春长育中②。

灵根蟠故国③，密叶荫儒宫④。

患与般斤⑤远，歌宜鲁藻同。

先儒垂意远，期此出三公⑥。

【注释】

① 五纪：古代以十二年为一纪，苏州府学自范仲淹初建到朱长文这个时候，已经过去了六十年，故曰五纪。景祐元年至景佑二年（1034—1035）范仲淹来任苏州知州，期间建起了苏州府学，朱长文在绍圣五年（1098）离世，所以这组诗应该写于他的晚年。四百年后，吴宽在和诗里说："密叶连街上，孤根寄学中。名扬苏子记，阴覆鲁侯宫。既久今何在，惟乔自不同。曾沾时雨化，多幸遇朱公。"诗中看出府学这棵槐树的枝叶已经长到了外面的街上，寓意府学的化育之功也不仅仅局限在学堂里面。

② 三春长育中：春季三个月，即农历正月称孟春，二月称仲春，三月称季春。这里代指春天。长育：养育，使之长大。语出《诗·小雅·蓼莪》："拊我畜我，长我育我。"《左传·昭公二十五年》："为温慈惠和，以效天之生殖长育。"引申为培育。苏舜钦《上范公参政书并谘目七事·谘目一》："夫为国之要，在乎长育人才。"

③ 蟠：屈曲，环绕。故国：故地。

④ 荫（yìn）：遮蔽。儒宫：指泮宫。

⑤ 般斤：古代巧匠鲁班的斧头。语本汉扬雄《法言·君子》："般之挥斤，羿之激矢；君子不言，言必有中也。"后以"般斤"喻大匠的技能。苏轼《次韵张安道读杜诗》："般斤思郢质，鲲化陋鯈濠。"

⑥ 先儒垂意远，期此出三公：先儒，即范仲淹，苏州府学为其所创。垂意：关心，关怀。《后汉书·和帝纪》："孝章皇帝崇弘鸿业，德化普洽，垂意黎民，留念稼穑。"期：希望。三公：是中国古代地位最尊显的三个官职的合称，不同时代其说法各异。《尚书·周官》："立太师、太傅、太保。兹唯三公，论道竟邦，燮理阴阳，官不必备，唯其人。"秦以丞相、太尉、御史大夫为三公；汉以丞相、大司马、御史大夫为三公；后汉又以太尉、司徒、司空为三公；魏、晋、宋、齐、梁、陈、后魏、北齐皆以太尉、司徒、司空为三公；北周以太师、太傅、太保为三公；隋以太尉、司徒、司空为三公，大唐因之。1034 年 6 月，范仲淹移守自己的故乡姑苏，翌年在南园购置一块宅地，风水先生断定"必踵生公卿"。范仲淹感言"吾家有其贵，孰若天下之士咸教育此，贵将无已焉"，意思是说既然这块地这么好，倒不如就在这里办学校，让它源源不断地培养有用的人才，岂不比我一家出几个贵人更好吗？于是，他在此地建苏州府学，聘请胡瑗担任州学教授。这便是江苏省苏州中学的前身，他不仅是苏州地区最早的一所官办学校，也是全国第一所州府级学校。郑元祐在《学门记》中赞曰："天下郡学莫盛于宋，然其始亦由于吴中，盖范文正公以宅建学，延胡安定为师，文教自此兴焉。"

其五　辛夷①

楚客曾留咏②，吴都独擅奇③。

风霆存老干，桃李避芳时④。

名入文房梦⑤，功资妙手医⑥。

紫微颜色好，先占凤凰池⑦。

【注释】

① 辛夷：又名紫玉兰，木兰，木兰科木兰属，为中国特有植物。紫玉兰花朵艳丽怡人，芳香淡雅，孤植或丛植都很美观，树形婀娜，枝繁花茂，是优良的庭园、街道绿化植物，是中国有两千多年历史的传统花卉和中药。紫玉兰列入《世界自然保护联盟》，苏州种植很普遍。辛夷被列为立春花信风第三位，当梅花盛开的时候，辛夷花就开放了。

② 楚客曾留咏：楚客，指屈原，他曾在诗中多次咏赞辛夷。《九歌》："乘赤豹兮从文狸，辛夷车兮结桂旗。""桂栋兮兰橑，辛夷楣兮药房。"《离骚》："朝饮木兰之坠露兮，夕餐秋菊之落英。"大概因为屈原多次在诗中称辛夷为"木兰"，故才有了辛夷的别称"木兰"。原始部落中的辛夷高大笔直，品质优良，是宫殿车船弓箭的上好材料，因此古典诗词中常出现"木兰舟""兰舟"这一意象。

③ 吴都独擅奇：吴都，指苏州。这里盛产辛夷，是庭院园林行道上的常见树种，初春时节，辛夷盛开，白如雪，红如火，煞是好看。

④ 风霆存老干，桃李避芳时：这句话是赞颂辛夷坚强谦逊的精神品质。它能在恶劣的环境中存活生长，又不与桃李争艳。风霆：狂风和暴雷，比喻辛夷恶劣的自然环境。

⑤ 名人文房梦：据作者自注，辛夷花又名"木笔花"，而笔为文房四宝之一，故有此说。

⑥ 功资妙手医：此句讲辛夷是很好的药材，可以入药并妙手回春。

⑦ 紫微颜色好，先占凤凰池：紫微，指帝王宫殿。唐开元元年改中书省为紫微省，中书舍人为紫微舍人。凤凰池：禁苑中池沼，代指皇宫。柳永《望海潮》："异日图将好景，归去凤池夸。"

其六　石楠

昔年曾赏玩，移自碧山遥。

古干磨文石①，寒枝熨翠绡②。

虽殊③樭梓④用，终免雪霜凋。

来者⑤宜珍护，毋令困采樵⑥。

【注释】

① 文石：有纹理的石头。《山海经·北山经》："又东北二百里，曰马成之山，其上多文石，其阴多金玉。"

② 翠绡：绿色的薄绢。杜牧《题池州弄水亭》："弄水亭前溪，飐滟翠绡舞。"秦观《八六子》词："素弦声断，翠绡香减。"陈亮《水龙吟·春恨》："罗绶分香，翠绡封泪，几多幽怨！"

③ 殊：不同。

④ 樭（pián）梓：黄樭树与梓树两种大木。比喻栋梁之材。

⑤ 来者：将来的人，后辈。《论语·子罕》："后生可畏，焉知来者之不如今也？"

⑥ 毋令困采樵：莫让生活贫困的人把石楠当柴火给砍了。南北朝左思《咏史·主父宦不达》："买臣困采樵，伉俪不安宅。"

其七　多干柏①

古柏列重门，连枝若弟昆②。

参天分直干，得地共灵根。

月照龙蛇影，风摧铁石痕。

鸾凰期可宿，香叶向春繁。

【注释】

① 多干柏：指同一根系长出多棵树干的柏树。

② 弟昆：即弟兄。杜甫《彭衙行》诗："誓将与夫子，永结为弟昆。"苏轼《东坡》诗之八："吾师卜子夏，四海皆弟昆。"

其八 并秀桧①

槃根几百龄，合干倚冥冥②。

偃蹇双虬耸③，联翩两盖青④。

紫鳞⑤霜外跃，绀⑥叶雨馀馨。

左纽凭仙宇⑦，何如拱泮亭？

【注释】

① 并秀：同根两棵树干。桧：即圆柏。一种常绿乔木，叶有鳞形和刺形两种，雌雄异株，果实球形，木材桃红色、有香气。

② 冥冥：沉默不语貌。苏轼《喜雨亭记》："造物不自以为动，归之太空。太空冥冥，不可得而名。"金代王若虚《瑞竹赋》："天何为者耶？视之苍苍，诘之冥冥，不可得而名？"（专心致志貌。《荀子·劝学》："是故无冥冥之志者，无昭昭之明；无惛惛之事者，无赫赫之功。"）

③ 偃蹇（yǎnjiǎn）：高耸。《楚辞·离骚》："望瑶台之偃蹇兮，见有娀之佚女。"王逸注："偃蹇，高貌。"双虬：指两棵同根的桧柏。虬，古代传说中的有角的龙。虬立，即虬龙般耸立。形容恣态骁勇矫健。

④ 联翩：形容连续不断。因为桧柏四季常青。两盖：桧柏树冠如伞形，两棵又同根连在一起，故曰"两盖"。

⑤ 紫鳞：这里指桧柏的皮，深红而如鳞片。

⑥ 绀：《广雅》曰"青色"。也指深青透红色。

⑦ 左纽：明代邓𫀘《致道观七星桧》："四桧皆左纽，玉晨远相望。"仙宇：仙宫，借指道观。

其九　新杉①

弱植还生意②，凌冬见后凋③。
尚低沾雨露，更长拂云霄。
庭月摇疏影，檐风舞细条。
他年逢匠石④，宝构⑤壮天朝。

【注释】

① 新杉：刚栽的杉树。到了吴宽时代已经是"此日材当大，初栽自宋朝"。

② 生意：呈现出意气、气势。

③ 凌冬见后凋：语出《论语·子罕》"岁寒，然后知松柏之后凋也"。

④ 匠石：古代一位名叫石的工匠。《庄子·徐无鬼》："庄子送葬，过惠子之墓，顾谓从者曰：'郢人垩慢其鼻端，若蝇翼，使匠石斫之。匠石运斤成风，听而斫之，尽垩而鼻不伤，郢人立不失容。宋元君闻之，召匠石曰："尝试为寡人为之。"匠石曰："臣则尝能斫之。虽然，臣之质死久矣。"自夫子之死也，吾无以为质矣！吾无与言之矣。'"后用以为巧匠的代称。

⑤ 宝构：壮丽的建筑物。

其十　泮山①

山形②拱泮宫，林壑意无穷。
自得千岩秀，无亏九仞功。
光延③东岭月，清转碧潭风。
官冷④真相称，婆娑一钓翁。

【注释】

① 泮山：现在叫道山，位于苏州中学校园内，是钱元璙父子在营造南园时凿两池（现在南面的称碧霞池，北面的叫春雨池）堆土垒叠而成，是苏州中学内唯一的钱氏南园遗迹。堆成后当时取了什么名字不得而知，在范仲淹捐地办学后，因为此山地处泮宫之中，故以"泮山"名之。南宋宝祐三年（1255）赵德渊在山上建亭，取名"道山亭"，后来"道山"之名流传开来。为何叫"道山"？主要有两说：一说是为了纪念周敦颐。黄彭年补题的"道山亭"匾左侧有几句附言："登斯亭也，拜元公之象，识道山命名之由。归读《太极图》《通书》，其在九原可作之思乎？"其后王朝阳也持此论。他在《重修道山亭记》说："亭中原奉周子石刻遗像，道山之名昉此。以周子生濂溪，溪上石壁有古刻'道山'二字，因以名斯亭云。"王朝阳的观点显然依据了黄彭年的说法，又依据周敦颐世居的濂溪后山壁上有"道山"二字。故得出此结论。黄彭年的说法显然有揣测之意，没有实据，而王朝阳又依此说，自然也难圆其说。周敦颐晚年退官后，确实住在苏州一条名"布德坊"的小巷内，在宅邸开馆广收门徒，讲学传道。周敦颐去世后，苏州人为志纪念，将其故居改为"濂溪祠"，巷名布德坊改为"濂溪坊"，并且在巷口建立一座牌坊，名"濂溪坊"，至今尚在。但他和府学有什么关系，未见记载，因此说道山之名与周敦颐有关也就牵强。二是依山说。彭定求在《重建道山亭记》中说："道山亭之名昉于南丰曾氏，盖取海外蓬莱、方丈、瀛洲三神山之象。"南丰曾氏即曾巩，他曾于元丰二年（1079）创作的一篇散文《道山亭记》，描写了闽地的山川形势、水陆交通以及风土民情，然后点出道山亭的景状及其寓意。文中有句："程公以谓在江海之上，为登览之观，可比于道家所谓蓬莱、方丈、瀛州之山，故名之曰'道山之亭'。"道山亭在今福建福州城内乌石山上。北宋熙宁年间，福州太守程师孟性喜游览名胜，曾上乌石山，赞赏山川之美，并在乌山（也称道山）上建了一座亭子。程师孟认为乌山在江海之上，登山四望，可以和道家所

说的蓬莱、方丈、瀛州三座仙山并列，所以为亭子起名叫"道山亭"。人工筑山不同于自然之山，山成之时往往名字也随之而有，甚至名字可以在前，一如孩子的诞生。道山筑成的具体年份虽没记载，但在钱文奉去世前所筑是毫无疑问的，甚至可能是其父钱元僚所建。钱文奉死于969年，也就是说道山最晚筑于969年之前，距离赵德渊1255年建道山亭已过去三百多年，山筑好后三百多年没有名字，可信吗？山筑成后山上是否建亭无从考据。《祥符图经》载南园内"有安宁厅，思玄堂，清风、绿波、迎仙三阁，清漪、涌泉、清暑、碧云、流杯、沿波、惹云、白云等八亭，又有榭亭二，就树为楝柱，及迎春、百花等三亭，西池在园厅西，有龟首、旋螺二亭"。《吴郡图经续记》载："今所存之亭仅有流杯、四照、百花、乐丰、惹云，每春纵士女游览。"所以，我以为，道山那时要么没有亭子，要么在《祥符图经》所罗列的亭子中有一个在山上，只是不叫"道山亭"而已，这是大概率的事。我的结论是：一、道山筑成后是有名字的，只是不知道最初叫什么，范仲淹在南园建府学后因山在泮宫之内，曾叫过"泮山"；二、赵德渊建亭并命名"道山亭"就是源于曾巩的"道山亭"，为何克隆曾巩的"道山亭"之名？"道山"在《辞海（第七版）》《汉典》有两个意思：一是指儒林、文苑，文人聚集的地方。语本《后汉书·窦章传》："是时学者称东观为老氏藏室，道家蓬莱山。"二是传说中的仙山，因称人死为"归道山"。道山在府学之中，赵德渊取名"道山亭"显然用的第一个意思，即合乎府学之育人环境，又合乎劝学养德之用意。三、道山亭建好后，亭名与山名习惯连用，道山因此流行开来，原名也就淹没在历史的长河中了。

②山形：山的形态；山势。郦道元《水经注·沔水二》："山形特秀，异于众岳。"刘禹锡《西塞山怀古》："人世几回伤往事，山形依旧枕寒流。"

③延：邀请，请。陶渊明《桃花源记》："渔人各复延至其家，皆出酒食。"罗贯中《三国演义》："饮宴既毕，谦延玄德于上座。"这里可

引申为"迎接"之意。

④ 官冷：清闲无事之意。元代仇远《官冷》："家贫累重须干禄，官冷身闲可读书。"

陪于思庸训导登道山亭观梅，用坡仙韵①

［元］朱德润

道山亭下梅花村②，坡仙作诗为招魂。

明姿照人隔寒水，瘦影带月欺黄昏③。

先生颇厌郡斋冷，持书晚约窥山园④。

松风吹香清人骨，地炉烟销酒初温。

孤标已出群卉上，故遣雪意迷晴暾⑤。

和羹结子⑥时较晚，先传春色来衡门⑦。

天寒谷幽翠袖⑧薄，岂知青鸟⑨能传言？

明晨看花重有约，呼童扫石罗清樽⑩。

【作者简介】

朱德润（1294—1365），字泽民，睢阳（今河南商丘）人，流寓吴中。擅画山水人物，能诗，善书。仁宗延祐末荐授应奉翰林文字，兼国史院编修。英宗嗣位，出为镇东儒学提举，后弃官归。有《存复斋集》。

【注释】

① 选自《四库全书·别集·存复斋集》卷十。训导：教诲开导，这里指从事这项工作的职官，相当于助教。《明史·职官志四》："儒学：府，教授一人，训导四人；州，学正一人，训导三人；县，教谕一人，训导二人。教授、学正、教谕，掌教诲所属生员，训导佐之。"用坡仙韵："坡仙"即苏轼，他在《十一月二十六日，松风亭下，梅花盛开其一》："春风岭上淮南村，昔年梅花曾断魂。岂知流落复相见，蛮风蜒雨愁黄昏。酒醒梦觉起绕树，妙意有在终无言。先生独饮勿叹息，幸有落

月窥清樽。"用的是上平十三元韵,朱德润此诗也用此韵。道山亭:最早建于南宋宝祐三年(1255),由当时的平江府知府赵德渊(宋太祖十世孙)主持兴建,其后又手书"观德"二字,勉励府学学子。此二字拓本和"观德亭记"碑拓本刻印在现"尊经阁"西侧墙上。道山亭建好后,屡次毁坏,据不完全的统计,修缮记录有:明宣德年间(1426—1435)知府况钟"始修"道山亭;明天顺五年(1461)知府姚公堂重修;明成化年间(1465—1487)知府丘霁修道山亭;明嘉靖十一年(1532)府学教授钱德洪增筑道山亭;明万历三十年(1602)府学教授陈琦修葺道山亭;清康熙四十四年(1705)郡人马俊(云程)独力于荒蔓瓦砾间重修道山亭;清道光年间(1821—1850)郡人莲浦居士丁锦心亦独力重修道山亭;清光绪二十九年(1903)苏州府学教授蒋世琛首捐俸银三十元,共募得百二十元重修道山亭;民国七年(1918)省立一师校长王朝阳主持修葺道山亭,"文革"中被毁。1978 年,道山上修了个 108 平方米的平顶音乐教室,师生们仍习惯性地称其为"道山亭"。2004 年和 2012 年又两次进行改建,现在所见到的道山亭是张昕校长在主持工作期间(2007—2015),于 2011—2012 年间学校大改建时所建。

② 道山亭下梅花村:一直到解放初期,南园一带还是大片农田,元代更不必说了,因此按作者描写,当时这里是农村,梅花很多。龚自珍在《病梅馆记》中开篇就说:"江宁之龙蟠,苏州之邓尉,杭州之西溪,皆产梅。"苏州为何是全国赏梅基地?南宋的范成大功不可没。范成大是苏州人,南宋四大中兴诗人之一,告老还乡后隐居石湖范村,自号石湖居士。他植梅写诗,编成了中国第一部《梅谱》,创作出了《四时田园杂兴》六十首。苏州梅花于是遍植开来,至今不衰。

③ 明姿照人隔寒水,瘦影带月欺黄昏:这两句描写梅花,点化的是林逋《山园小梅》其一中的名句:"疏影横斜水清浅,暗香浮动月黄昏。"

④ 先生颇厌郡斋冷,持书晚约窥山园:先生,指于思庸,当时

是苏州府学的训导（助教）。这两句是说于思庸在书斋坐久疲倦了，于是拿着书约我一起登道山亭休息赏梅。

⑤ 孤标已出群卉上，故遣雪意迷晴暾：孤标：指山、树等特出的顶端，形容人品行高洁。这里指高洁的梅花。晴暾（tūn）：明亮的朝日。这里当指月光。这两句意思是：梅花超凡脱俗，高于百花之上，那雪白的颜色在明亮的月光下熠熠生辉。

⑥ 和羹结子：和羹，即配以不同调味品而制成的羹汤。这里指青梅煮酒。宋代吕胜己《瑞鹤仙》："待飘花结子，和羹煮酒，还我山居送老。"宋代杨无咎的梅花诗《玉烛新》："荒山藏古寺。见傍水梅开，一枝三四。兰枯蕙死。登临处、慰我魂消唯此。可堪红紫。曾不解、和羹结子。高压尽、百卉千葩，因君合修化史。韶华且莫吹残，待浅揾松煤，写教形似。此时胸次。凝冰雪、洗尽从前尘滓。吟安个字。判不寐、勾牵幽思。谁伴我、香宿蜂媒，光浮月姊。"

⑦ 衡门：横木为门，指简陋的屋舍。语出《诗经·陈风·衡门》："衡门之下，可以栖迟。"也指隐士的居处：寝迹衡门下，邈与世相绝。

⑧ 翠袖：青绿色衣袖。泛指女子的装束，也代指女子。杜甫《佳人》："天寒翠袖薄，日暮倚修竹。"苏轼《王晋叔所藏画跋尾·芍药》："倚竹佳人翠袖长，天寒犹著薄罗裳。"

⑨ 青鸟：具有三足的神鸟。西王母驾临前，总有青鸟先来报信。青鸟是凤凰的前身，色泽亮丽，体态轻盈，是具有神性的吉祥之物，本为王母娘娘的信使，后人将它视为传递幸福佳音的使者。典故出于《山海经》，代表送达书信、消息的鸟，也可以说是信使，在古诗中常常用来指爱情信使，如南唐中主《山花子》有"青鸟不传云外信，丁香空结雨中愁"的诗句，李商隐《无题》中"蓬山此去无多路，青鸟殷勤为探看"的诗句。

⑩ 清樽：亦作"清罇""清尊"。酒器，亦借指清酒。清黄遵宪《七月十五日夜暑甚》："满酌清尊聊一醉，漫愁秋尽落黄花。"

【翻译】

道山亭附近有个梅花村，东坡曾经作诗为梅招魂。

隔着寒水姿容明丽照人，月光下瘦影逗弄戏黄昏。

先生厌烦了书斋的清冷，持书约我晚上游览山园。

松风挟带香味清气入骨，地炉余火刚消酒仍含温。

梅花超凡高出百花之上，雪梅在月光下熠熠生辉。

结子和羹煮酒时令较晚，先传春色来到简陋寒门。

天寒谷深佳人衣袖单薄，岂知王母使者能够传言。

明晨看花我们再次有约，呼童扫石罗列清酒金樽。

郁林石赞①

［明］王　行

　　孙吴郁林太守陆绩，仕归无装。舟轻则泛江不稳也，载是石以镇之。归，置所居门外，人用称之，表其廉节。石尚存。予居吴门东北陬，相去仅数十武②，旦暮见而起米芾之敬③，仍赘词④赞之。

　　　　　　载贪而归，名随赂隳⑤。
　　　　　　航廉以入，誉久无斁⑥。
　　　　　　臣道若流，尔克孤障⑦。
　　　　　　万古凛然，盍拜斯文⑧？

【作者简介】

　　王行（1331—1395），元明间苏州府吴县人，字止仲，号淡如居士，又号半轩，亦号楮园。淹贯经史百家，议论踔厉。元末授徒齐门，与高启、徐贲、张羽等号为十友，又称十才子。富人沈万三延为家塾师。明洪武初，有司延为学官。旋谢去，隐于石湖。赴京探二子，凉国公蓝玉聘于家馆。蓝玉党案发，行父子坐死。能书画，善泼墨山水，有《二王法书辨》，另有《楮园集》《半轩集》等。

【注释】

　　① 选自《半轩集》卷一。郁林石：出自《新唐书·隐逸传·陆龟蒙》"陆氏在姑苏，其门有巨石。远祖绩尝事吴为郁林太守。罢归无装，舟轻不可越海，取石为重。人称其廉，号'郁林石'。世保其居云"。后用为居官清廉的典故。
　　② 武：长度单位，古代以六尺为步，半步为武。

③ 米芾之敬：米芾（1051—1107），北宋书法家、画家、书画理论家，宋四家之一。也善诗，精鉴别。祖籍太原，迁居襄阳。天资高迈、举止潇洒，好洁成癖，多蓄奇石，世号米颠。书画自成一家。能画枯木竹石，时出新意，又能画山水。篆、隶、楷、行、草等各体擅长，长于临摹古人书法，达到乱真程度。曾任校书郎、书画博士、礼部员外郎。据《梁溪漫志》记载：他在安徽无为做官时，听说濡须河边有一块奇形怪石，当时人们出于迷信，以为神仙之石，不敢妄加擅动，怕招来不测，而米芾立刻派人将其搬进自己的寓所，摆好供桌，上好供品，向怪石下拜，念念有词：我想见到石兄已经二十年了，相见恨晚。此事日后被传了出去，由于有失官方体面，被人弹劾而罢了官。但米芾一向把官阶看得并不很重，因此也不怎么感到后悔，后来就作了《拜石图》。作此图的意图也许是为了向他人展示一种内心的不满。李东阳在《怀麓堂集》时说："南州怪石不为奇，士有好奇心欲醉。平生两膝不着地，石业受之无愧色。"这里可以看出米芾对玩石的投入与傲岸不屈的刚直个性，大有李白"安能摧眉折腰事权贵，使我不得开心颜"的情怀，并开创了玩石的先河。

④ 赘词：多余无用的话，此为自谦之词。

⑤ 载贪而归，名随赂隳：载着赃物回家，名誉就会随着财物而毁坏。隳（huī）：毁坏、损毁。

⑥ 斁（dù）：败坏。出自《尚书·洪范》："帝乃震怒，不畀洪范九畴，彝伦攸斁。"彝伦攸斁：汉语成语，指伦常败坏。彝伦：指伦常；攸：语助词，无义；斁：败坏。

⑦ 臣道：为臣的道理和本分；若流：像水流汇入大海，比喻人心所向。尔：你；克：本义是战胜，后引申为能力超强，胜任、完成等。孤嶂：孤立的屏障。元尹廷高《钱塘怀古》之一："江上怒涛空拍岸，海门孤嶂自横秋。"明高启《赠马冠军》："壮志忽蹉跎，秋风卧孤嶂。"

⑧ 盍：何不，为什么，表示反诘。斯文：很有涵养、文质彬彬，优雅而有礼貌、教养。

【翻译】

　　如果载着赃物回家，名誉就会因为赃物而被毁坏；如果载着廉洁进入家门，美誉就会传颂永久而不败坏。为臣的道理在于要使人心所向就像水流汇入大海那样，这样你就能够突破孤立的屏障而流向远方。万古令人敬仰的人，怎么会没人因其教养去谒拜他呢？

【点评】

　　放翁云："花如解笑还多事，石不能言最可人。"信夫！

登苏州府学尊经阁^①

〔明〕陈　琏

六经^②寓圣言，焕如日星光。

人文幸斯睹^③，万古明纲常。

虽云厄秦火^④，犹赖汉表章^⑤。

诸儒擅颛门^⑥，训诂^⑦加审详。

虽贻穿凿讥，圣道借以彰^⑧。

阅历数百年，六朝至李唐。

昌黎^⑨崛然起，著述自激昂。

后来五星聚^⑩，奎宿^⑪生寒芒。

伟哉舂陵翁^⑫，道学起炎方^⑬。

伊洛^⑭绍^⑮正传，关闽^⑯复阐扬。

紫阳朱夫子^⑰，敷贲^⑱集群芳。

矧^⑲今圣明世，治术轶^⑳羲黄^㉑。

文风被^㉒九有^㉓，弦诵^㉔日洋洋^㉕。

唯苏实名郡，昔为魏公^㉖乡。

黉宫^㉗有杰阁^㉘，经籍旧所藏。

牙签悬万轴^㉙，蠹鱼落芸香^㉚。

予时幸观睹，如临上帝傍。

尊闻行所知^㉛，黾勉^㉜思自强。

圣谟^㉝信昭著，终身矢弗忘^㉞。

陈琏（1370—1454），广东东莞人，字廷器，别号琴轩。洪武二十三年举人，入国子监。选为桂林教授。永乐元年，因他有治理才能，擢为许州知州，永乐三年改任滁州知州，后又擢升扬州知府、四川按察使。宣德初为南京国子祭酒。正统初任南京礼部侍郎。他博通经史，以文学知名于时，文词典重，著作最多，词翰清雅。有《罗浮志》《琴轩集》《归田稿》等。他一生喜收藏图籍。正统六年归家时，有数车图书装于书箱中，关吏问是何物，他不答，令家人开箱取出，尽为图书。关吏仍有怀疑，随手取其图书问他，对答无疑脱，书中多为陈琏手记，乃叹服谢罪。家有"万卷堂"，多秘府所无之书，远方学士来借阅，并予以提供饭食住宿接济。对待藏书不是藏而不露，而是"乐与人共，有叩必应"，毫不吝惜。

【注释】

① 选自陈琏《琴轩集》，上海古籍出版社 2011 年 7 月出版。尊经阁:始建于宋庆历六年（1046），始称"六经阁"。其位置在现明伦堂南，七星池北。毁于南宋建炎年间（1129）金兵入侵；南宋淳熙十四年（1187）在原址重建，易名"御书阁"，南宋宝庆三年（1227）毁于风雨;元延祐七年（1320）易址重建，位置即今础园，又易名"尊经阁"至今。"础园"现存的础石上刻印着"延祐七年（1320）岁次庚申肆月吉日平江路儒学建立"字样，清晰地记载了第三次重建的时间，清咸丰十年（1860）毁于太平天国的"洪杨之乱"；清同治二年（1863），由李鸿章主持原地重建。1928 年 9 月，尊经阁一层曾改造拓宽为苏中会堂。七百多年来，尊经阁历经坍圮修葺，最终毁于"文革"。础者，垫在柱下的石礅也。础园之名即源于残存于此处的十多块尊经阁的础石。2011 年苏州市实事项目之一的"苏州中学校区综合整治工程"立项，整个校园改造于 2012 年上半年完工。现在的尊经阁就是张昕校长在本部主持工作期间（2007—2015）的 2012 年落成。尊经阁现址原

来是"文革"期间建造的大会堂，拆后建了尊经阁，较原址础园南移了约二十米。新的尊经阁现用作校史馆。

② 六经：指《诗》《书》《礼》《易》《乐》《春秋》的合称，始见于《庄子·天运篇》，是指经过孔子整理而传授的六部先秦古籍。这六部经典著作的全名依次为《诗经》《书经》（即《尚书》）《仪礼》《易经》（即《周易》）《乐经》《春秋》。

③ 人文幸斯睹：礼乐教化很幸运能在这里（尊经阁）看到。人文：指礼乐教化。

④ 厄秦火：指秦始皇焚书坑儒，使先秦经典遭受厄运。

⑤ 表章：封建时代臣子呈交帝王的陈述意见的文字。这句是说有赖于汉代大臣上奏保护经典图书，使得不少经典保存了下来。董仲舒提出"罢黜百家，独尊儒术"，在儒学地位空前上升的背景下，汉武帝命令广开献书之路，又设写书官抄写书籍。按照《汉书·艺文志》的说法，汉武帝时代，"建藏书之策，置写书之官，下及诸子传说，皆充秘府"。刘歆《七略》说，当时的藏书机构，"外则有太常、太史、博士之藏，内则有延阁、广内、秘室之府"，说当时集中了相当数量的书籍，外廷有太常、太史、博士等部门的收藏，宫内又有命名为延阁、广内、秘室的书库。汉成帝时，又进一步访求天下遗书，并指令刘向总校诸书。唐人崔日知"孔壁采遗篆，周韦考绝编"的诗句，又如元人柳贯诗所谓"孔壁发神秘"，王逢诗所谓"简册潜回孔壁光"，也都是对"孔壁"图书发现的感叹。汉代的国家藏书，有了确定的制度而民间图书收藏也有可观的规模。《史记·司马相如列传》记载，司马相如病重，汉武帝吩咐臣下："司马相如病甚，可往从悉取其书；若不然，后失之矣。"由于汉代皇帝的开明和制度保证，形成了收藏书籍保护书籍的风气，为中国文脉的延续作出了重要贡献。

⑥ 颛（zhuān）门：谓独立门户，自成一家。颛，通"专"，专长。

⑦ 训诂：解释古书中字句的意义。

⑧ 虽贻穿凿讥，圣道借以彰：虽然训诂方面遗留有穿凿附会的笑

话，但圣人之道也得以借此彰显传扬。

⑨ 昌黎：即韩愈（768—824），字退之，河南河阳（今河南省孟州市）人，自称"郡望昌黎"，世称"韩昌黎""昌黎先生"。唐代杰出的文学家、思想家、哲学家、政治家。

⑩ 五星聚：即五星聚奎又称"五星联珠"。指的是从地球上看天空，水星、金星、火星、木星与土星等五大行星排列为近乎直线的奇特天象。

⑪ 奎宿：星宿名。奎木狼，属木，为狼。中国神话中的二十八宿之一，西方白虎七宿第一宿。源于中国人民对远古的星辰自然崇拜，是古代中国神话和天文学结合的产物。有天之府库的意思，故奎宿多吉。

⑫ 舂陵翁：即周敦颐（1017—1073），北宋哲学家。湖南道州（古称舂陵）人。曾任大理寺丞、国子博士。因筑室庐山莲花峰下小溪旁，室名"濂溪书堂"，后人遂称为"濂溪先生"。他继承《易传》《中庸》和道教思想，依托道士陈抟的《无极图》，提出一个简单而有系统的宇宙构成论。他所提出的无极、太极、阴阳、五行、动静、主静、至诚、无欲、顺化等理学基本概念，为后世的理学家反复讨论和发挥，构成理学范畴体系中的重要内容，成为理学创始人之一。著作有《太极图说》《通书》等。后人编为《周子全书》。

⑬ 道教起源于汉代。中国的道教起源于东汉末年（126—144），创始人是张道陵。炎方：即炎汉，传说上古炎帝为汉族祖先，因称中国为炎黄，汉族为炎汉。

⑭ 伊洛：伊水与洛水，两水汇流，多连称。亦指伊洛流域。因程颐、程颢曾讲学于伊、洛之间，故伊洛又指程颢、程颐的理学。

⑮ 绍：接续；继承。

⑯ 关闽："关"指关中张载；"闽"指讲学于福建的朱熹。宋代理学有四个学派：濂、洛、关、闽。"濂"指濂溪周敦颐："洛"指洛阳程颢、程颐。

⑰ 紫阳朱夫子：朱熹（1130—1200），字元晦，又字仲晦，号晦庵，晚称晦翁，谥文，世称朱文公，紫阳先生。祖籍江南东路徽州府

婺源县（今江西省婺源），出生于南剑州尤溪（今属福建省尤溪县）。宋朝著名的理学家、思想家、哲学家、教育家、诗人，闽学派的代表人物，儒学集大成者，世尊称为朱子。

⑱ 敷贲（bēn）：犹敷文，敷布。即铺叙文辞，指作文。明李东阳《书读卷承恩诗后》："而典章制度，贲敷于庙廊。"清王引之《经义述闻·尚书上》"用宏兹贲"："《大诰》敷贲，亦谓敷布此美绩也。"

⑲ 矧（shěn）：文言连词，况；况且。

⑳ 轶（yì）：超过。

㉑ 羲黄：伏羲与黄帝的并称。柳宗元《献弘农公五十韵》："茂功期舜禹，高韵状羲黄。"范仲淹《依韵答提刑张太傅尝新酝》："长戴尧舜主，尽作羲黄民。"

㉒ 被：分散，引申为传扬。

㉓ 九有：即九州。《诗·商颂·玄鸟》："方命厥后，奄有九有。"毛传："九有，九州也。"

㉔ 弦诵：弦歌和诵读，指学校教学弦诵不辍。《礼记·文王世子》："春诵，夏弦。"郑玄注："诵谓歌乐也，弦谓以丝播诗。"孔颖达疏："诵谓歌乐者，谓口诵歌乐之篇章，不以琴瑟歌也。云弦谓以丝播诗者，谓以琴瑟播彼诗之音节，诗音则乐章也。"后亦以称诗礼教化或学校教育。

㉕ 洋洋：形容众多或盛大。

㉖ 魏公：即范仲淹，他去世后宋钦宗于靖康元年追封范为魏国公。

㉗ 黉（hóng）宫：学校，学宫。

㉘ 杰阁：高阁。明文徵明《鸡鸣山凭虚阁》："金陵佳胜石头城，杰阁登临正雨晴。"这里指尊经阁。

㉙ 牙签悬万轴：简称"牙签万轴"。形容藏书非常多。出自韩愈《送诸葛觉往随州读书》诗："邺侯家书多，插架三万轴。一一悬牙签，新若手未触。"

㉚ 蠹鱼：又称衣鱼，虫名，即蟫，蛀蚀书籍衣服。体小，有银白

色细鳞，尾分二歧，形稍如鱼，故名。后借指书籍。郁达夫《杂感》诗之八："十年潦倒空湖海，半生浮沉伴蠹鱼。"芸香：植物名，多年生草本，花色黄绿，果实为蒴果。花、叶有香气，供药用，有驱虫、通经的作用。

③ 尊闻行所知：即"尊闻所知"。尊：尊重。重视听到的意见，实行已懂的道理。班固《汉书·董仲舒传》"曾子曰：'尊其所闻，则高明矣；行其所知，则光大矣'"。

③ 黾（mǐn）勉：坚持；努力。

③ 圣谟：本来指圣人治天下的宏图大略，后也被作为称颂帝王谋略之词。《书·伊训》："圣谟洋洋，嘉言孔彰。"

③ 终身矢弗忘：出自《诗经·卫风·考盘》："独寐寤言，永矢弗谖（xuān）。"后"永矢弗谖"演变为成语，指永不忘记。

【翻译】

六经寄寓圣哲言，光彩明亮日月光。
教化幸能在此看，万古皆能明纲常。
虽然曾遭秦大火，文脉延续赖汉章。
诸儒擅长立门户，阐义释字更端详。
虽然难免有附会，圣道确实得显扬。
历经数百年代后，六朝延续到李唐。
韩氏昌黎崛然起，著述立说慨激昂。
天象奇异五星聚，奎宿闪烁耀寒光。
伟哉当年周敦颐，道学起于炎汉邦。
两程传承儒正统，张载朱熹复弘扬。
延至紫阳朱夫子，收徒传道集群芳。
况且当今圣明世，治术超过古羲黄。
文风传扬遍九州，读书学生日洋洋。
唯有苏州是名郡，昔日曾为希文乡。

学宫里面有高阁，经籍皆为旧所藏。
内有藏书数万卷，卷卷书中飞芸香。
我很幸运得观读，如同靠近上帝旁。
尊重所闻行所知，努力奋斗要自强。
圣人谋略当昭著，终身铭记不敢忘。

郡庠古柏行①

[明] 李昌祺

泮宫翠柏真奇特，溜雨霜皮②古铜色。

共传贤守李侯栽③，年数于今过三百。

几经劫火幸仍存，草木犹依圣教尊。

清覆讲堂闲永昼，密笼礼殿翳香云。

芳根长托弦歌地④，坛杏庭槐共生意。

春风摇影漾宫墙，午日流阴上庭砌。

博士鸣鼙散学徒，竞来树底纵歌呼。

乔柯宁集接舆凤⑤，细叶争巢朱博乌⑥。

却怜种者今何在，留得青青表遗爱。

文风化雨沾濡深，从宋历元逢盛代。

上摩北斗凌中台⑦，时有佳气相徘徊。

大哉宣尼⑧后凋训，珍重明堂⑨梁栋材。

【作者简介】

李昌祺（1376—1452），明代小说家。名祯，字昌祺、一字维卿，以字行世，号侨庵、白衣山人、运甓居士，庐陵（今江西吉安）人。永乐二年进士，官至广西布政使，为官清廉刚正，救灾恤贫，官声甚好。且才华富赡，学识渊博，诗集有《运甓漫稿》，又仿瞿佑《剪灯新话》作《剪灯余话》。

【注释】

① 选自《钦定四库全书·集部·运甓漫稿》卷二。此古柏即现位于道山上的古柏。

② 溜雨霜皮：色苍白而润泽也。霜皮：苍白的树皮。杜甫《古柏行》："霜皮溜雨四十围，黛色参天二千尺。"仇兆鳌注："霜皮溜雨，色苍白而润泽也。"

③ 贤守李侯：根据时间推算当是李弥大（1080—1140），字似矩，号无碍居士，吴县人。与其弟李弥逊均为宋代朝廷高官。《宋史》有他们的传记。他曾擢拔韩世忠抗金，高宗南渡后先后出知绍兴府、平江府。是一位忠心报国、可昭天日的忠臣。

④ 弦歌地：礼乐教化之地。这里指学宫。

⑤ 舆凤："鸾舆凤驾"的简写。指华丽的宫廷车舆，代指皇帝。

⑥ 典故出自《汉书·朱博传》。西汉初期设置有丞相、太尉、御史大夫三个机构。在御史大夫的府邸附近，有一处柏树林，常有数千只乌鸦在这里栖息。西汉后期，御史大夫改为大司空，随之乌鸦云集的现象也不见了。朱博认为御史大夫不能随意更改御史大夫的名称和职责，同时主动提出由他出任御史大夫一职。朱博这种勇于担当的精神令人钦佩。

⑦ 摩：触摸。北斗：指所景仰之人。中台：星名。《晋书·天文志上》："西近文昌二星，曰上台……次二星，曰中台。"

⑧ 宣尼：指孔子。汉平帝元始元年追谥孔子为褒成宣尼公，后因称孔子为宣尼。见《汉书·平帝纪》。

⑨ 明堂：风水术中称阳宅大门前面或阴宅前方的范围为明堂，是地气聚合的处所。明堂分为小明堂、中明堂、大明堂。先秦时也是帝王会见诸侯、进行祭祀活动的场所，是帝王宣明政教的地方。

苏州府学八咏

苏州府儒学八咏诗引①

[明] 胡 棨

苏郡有学旧矣，初在城东，僻陋而隘②。宋范文正公仲淹始舍其城南之园以改建焉，即今之学舍是也。平衍夷旷③，周延三四里，其内有胜处者八，杂于学宫，曰南园、曰道山、曰泮池、曰杏坛、曰古桧、曰来秀桥、曰采芹亭、曰春雨亭，第④未有表而出之者，故其胜弗彰。

洪武中，王汝玉先生由郡学入宫侍从，始为其门人给事中朱伯贞追⑤而赋之。词深意雅，足以状是景之胜，诚⑥不愧夫古之作者也。距今三十余年，而先生亦去世且久。今年春，云中⑦张徽以同知⑧复官是郡，公余之暇，始与郡庠二三博士追而和之者，亡虑⑨数十篇，冲淡幽远，亦一时之盛也。湖广按察司副使陈镒，有戒惧夫是景之久而湮没，欲劖诸石，以永其胜且以示余。

夫苏为东南大郡，山川之形胜、城郭之壮观、人物台榭之废兴，书之图志⑩，勒之金石而见知于天下后世者多矣，虽至一丘一壑之微，可以登临吊赏者，又从而纪咏之无遗，唯郡庠⑪之胜，独不齿于词林⑫者，此非敢后⑬也，盖有待焉。

昔愚溪八景⑭，非柳柳州⑮表而出之，则荒山野水而已，后世曷从而知其胜？今是景之弃斥于泥涂，沦没于草莽者，殆非一日，一旦王先生出而倡之于前，诸君于续而和之于后，昭潜发粹而胜愈奇矣。宜长篇短什之作播之遐迩，而炳耀泮宫也。使学若增而高，景若增而胜，人材之乐育于是者，又当与之而增重，勿俾⑯是胜为喜游玩赏之具。如是则苏学之八咏，诸君子之声光，行当与柳柳州之愚溪八景共传于不朽也。是为之引。赐进士出身嘉议大夫大理寺卿庐陵胡㮣撰

宣德三年岁次戊申夏四月朔日，中宪大夫湖广等处提刑按察副使郡人陈镒⑰立石。

【作者简介】

胡㮣（1385—1434），原名熊概，或称熊㮣，字元节，江西南昌府丰城县（今江西省丰城市）人，明朝政治家。永乐九年进士。

【注释】

① 引：领，招来。如引见，引言等。用于题目中相当于序言。

② 僻陋而隘：偏僻简陋而狭小。隘，狭小之意。

③ 平衍夷旷："平衍"与"夷旷"同义，即平坦宽敞。

④ 第：但是。

⑤ 追：回溯过去，补做过去的事。

⑥ 诚：实在，确实。

⑦ 云中：古郡名，战国赵地，秦置，在山西境内。唐代时，初为云州，后改为云中郡，治所在山西大同。

⑧ 同知：明清时期的官名。

⑨ 亡虑：大略，大约。

⑩ 图志：附有地图的地志书。

⑪ 郡庠：府学。

⑫ 词林：宋以来翰林院之通称。

⑬ 非敢后：语出《论语·雍也》，子曰："孟之反不伐。奔而殿，将入门，策其马，曰：非敢后也，马不进也。"非敢后也：不是我敢于殿后。

⑭ 愚溪八景：柳宗元被贬永州时写有《愚溪诗序》，文中写到愚溪八景，即愚溪、愚丘、愚泉、愚沟、愚池、愚亭、愚岛、愚堂。永州也有八景，即朝阳旭日、回龙夕照、萍洲春涨、香零烟雨、恩院风荷、愚溪眺雪、绿天蕉影、山寺晚钟。

⑮ 柳柳州：即柳宗元，因曾被贬柳州而得名。

⑯ 俾：使。

⑰ 陈镒（？—1453），字有戒，江苏吴县人，永乐十年进士，先后任湖广、山东、浙江等地的副使。陈镒共三次镇守陕西，前后十余年，深受陕人爱戴。每次陈镒回朝，百姓总是挡道拥车而泣，回来时欢迎人群数百里不绝。死后谥僖敏。（《明史·陈镒传》）

【翻译】

苏郡有学校是很早的事了，起初在城东，偏僻简陋而又狭小。宋代的文正公范仲淹开始在城南的南园进行改建，这就是现在的学舍。它平坦宽敞，周边拓展三四里，它的里面有八处胜景，分布于学宫之中。这八处胜景是：南园、道山、泮池、杏坛、古桧、来秀桥、采芹亭、春雨亭，但是因没有加以宣扬使其公开，所以这些胜景并没有彰显出来。

洪武年间，王汝玉先生从郡学进入宫廷，被宠遇而担任侍从，才为他的学生朱伯贞补做了八首诗。词意深刻文雅，足以表现出这八景的美好，确实不愧是古人所作啊。距离现在已三十多年了，而且先生也去世已久。今年春天，云中郡的张徽以同知的身份又回到苏郡，公务闲暇之时，才与府学的两三个教师补作和诗，大约有数十篇。这些诗意境幽远冲和淡薄，也是当时的一大盛事。湖广按察司副使陈镒，担心这些胜景时间久了会被湮没，想把这些诗雕刻在石头上，以便使其永远的美好且让后人看到。

苏郡是东南大郡，山川的壮美、城郭的壮观、人事的沧桑巨变和亭台楼榭的兴废，记载于志书之中，雕刻于金石之上，而被天下后人所知者太多了。即使那些可以登临观赏的微小的一丘一壑，也都毫无保留地记下来吟咏，唯有府学的胜景，独独不被翰林们挂齿，这不是敢于殿后，大概是有所期待吧。

昔日的"愚溪八景"，若不是柳宗元加以宣扬使其公开，那么，它们不过是荒山野水而已，后世怎么能了解它是胜景呢？现在这些胜景被弃之于烂泥、湮没于荒草之中，大概不是一天了吧，一旦王先生把它揭示出来在大众面前宣扬，诸位接着随后唱和，把美好的东西都挖掘彰显出来，则胜景更加美好了。应该用鸿篇短制在远近传播，从而使泮宫光辉灿烂昭扬天下。假使学校因此名声更高，景物因此更好，人材乐于在这里培育，则又当使之名声更大，不使这些美好的景物成为嬉戏玩乐的工具。如果像这样，那么苏州府学的八咏，诸位君子的声誉风光，当与柳宗元的"愚溪八景"一样共传于天下而不朽，以此作为序。赐进士出身嘉议大夫大理寺卿庐陵人胡槩撰写。

1428 年 4 月初一，中宪大夫湖广等处提刑按察副使郡人陈镒立石。

一 咏[1]

[明] 王汝玉

苏郡庠初并东诚，殊极隘陋。文正范公有园在城南。相地者云："兹地当踵生公卿。"公曰："与其私于一家，孰若公于一郡？"遂以之建今学云。

【翻译】

　　苏州府学当初挨在东城边，特别狭小简陋。范文正公在城南有私家园宅。看地理的风水先生说："这个地方当接连诞生朝廷的高级官员。"范公说："与其好我一家，怎如让全郡人受益？"于是用这个地方建了现在的府学。

南园

南园夷且旷，水木凝华清②。
天开景明淑③，仰见昔人情。

道山
（在学宫西庑后）

开轩道山下，时登道山上。
美人④今在否？日暮增惆怅。

泮池

泮池深且广，绿水浸红莲。
轻风雨余至，演漾⑤起澄涟。

杏坛

空坛有繁杏，蔼蔼⑥绿生阴。
清风何处起？犹自听鸣琴⑦。

古桧

（在明伦堂前，或传文正公手植）

古桧依堂陲⑧，曾闻昔贤植。

岁寒霜霰多，不改青青色。

来秀桥

（太湖水东来，由桥下曲折入学宫，流渠并西墙）

石梁跨新绿，源长流愈清。

何须沧浪水，可以濯尘缨⑨。

采芹亭

高亭临泮水，绿芹生水阴。

长年时采撷，列坐有青衿⑩。

春雨亭

闲亭对春雨，窈窕⑪来城阴。

初滋千门柳，复沾松桂林。

【作者简介】

　　王汝玉（？—1415），明苏州府长洲人，名璲，字汝玉，号青城山人。少时从师杨维桢。落笔数千言，文不加点。年十七中浙江乡试。洪武末以荐任郡学教授，擢翰林五经博士。永乐初进春坊赞善，预修《永乐大典》。声名大噪，出诸老臣上，遂被轻薄名。后受解缙连累，下诏狱论死。有《青城山人集》。

【注释】

① 选自《钦定四库全书·别集·青城山人集》卷七。《吴都文粹续集》卷四也选录此组诗。

② 华清：犹太清。指太空。明代陈所闻《念奴娇序·云住阁为欧阳平林青林长林题》套曲："蓦地云开，皎然月出，恍疑骑鹤上华清。"

③ 明淑：本指贤明和淑。《后汉书·冯衍传上》："今大将军以明淑之德，秉大使之权，统三军之政，存抚并州之人。"明杨慎《黄母聂太夫人墓志铭》："性仁慈明淑，俭勤敬慎，弗好侈靡。"这里指清明静淑。

④ 美人：品德美好的人。《诗·邶风·简兮》："云谁之思，西方美人。"郑玄笺："思周室之贤者。"

⑤ 演漾：水波荡漾。

⑥ 蔼蔼：形容草木茂盛。

⑦ 鸣琴：指以礼乐教化人民，达到"政简刑清"的统治效果。旧时常用作称颂地方官的谀词。出处《吕氏春秋·察贤》："宓子贱治单父，弹鸣琴，身不下堂，而单父治。"后有"鸣琴而治"一词。

⑧ 堂陲：明伦堂的边上。陲：靠边界的地方。

⑨ 出自佚名《沧浪歌》："沧浪之水清兮，可以濯我缨；沧浪之水浊兮，可以濯我足。"尘缨：比喻尘俗之事。

⑩ 青衿：青色交领的长衫，是古代学子的长服，借指学子。《诗·郑风·子衿》："青青子衿，悠悠我心。"毛传："青衿，青领也。学子之所服。"曹操《短歌行》："青青子衿，悠悠我心。但为君故，沉吟至今。"

⑪ 窈窕：（宫室、山水）幽深。

二 咏①

[明] 张 徽

南园

南国古名地，景物秀以清。
贤才此乐育②，景仰范公情。

道山

圣道本崇高，题名兹山上，
勗③哉登眺人，遵由莫徒怅。

泮池

泮水形如月，清深生白莲，
香浮花发处，熏风④起漪涟。

杏坛

谁植坛前杏，郁若孔林阴⑤。
青衿来济济，时听猗兰琴。

古桧

嘉木老槎枒⑥，云是先贤植⑦。
郁郁耐岁寒，千年不变色。

来秀桥

瞻彼石梁下，遥通湖水清。

来游来歌者，济济皆簪缨⑧。

采芹亭

芹生泮池上，亭构泮池阴⑨。

采掇供祭祀，春秋劳子衿⑩。

春雨亭

亭依好山畔，霏微⑪春雨阴。

已滋松柏茂，余润及士林。

【作者简介】

　　张徽，在况钟任苏州知府期间（1430—1442）任苏州府同知。况钟在清理军籍释放无辜平民时，张徽与御史李立等勾结，为邀功请赏，借"清军"之名，动用种种酷刑，迫使民户抵充军户，百姓被冤死者不计其数。况钟依法一一复查，向朝廷揭发了李立、张徽等的罪行。

【注释】

　　① 此组诗选自《吴都文粹续集》卷四。

　　② 乐育：乐于培育人材。出自《诗·小雅·菁菁者莪序》："《菁菁者莪》，乐育材也。"

　　③ 勖（xù）：勉励。李白《古风》之二十："勖君青松心，努力保霜雪。"

　　④ 熏风：即南风或东南风。出自三国魏·王肃《孔子家语·辩乐》：

"昔日舜弹五弦之琴，造《南风》之诗，其诗曰：'南风之熏兮，可以解吾民之愠兮。'"

⑤ 郁若孔林阴：（杏林）郁郁葱葱像孔林一样树木繁阴。孔林：位于山东曲阜，是著名人文景点"三孔"（孔府、孔庙、孔林）之一，孔家坟冢所在地。

⑥ 槎枒：树木枝杈歧出貌。

⑦ 云是先贤植：传说是范仲淹手植。先贤：指范仲淹。

⑧ 簪缨：古代达官贵人的冠饰，后遂借以指高官显宦。《幼学琼林·卷二·衣服类》："簪缨缙绅，仕宦之称。"

⑨ 亭构泮池阴：亭子建在泮池的南边。水南山北为阴，水北山南为阳。

⑩ 采掇供祭祀，春秋劳子衿：采摘芹菜作为祭品，春祭与秋祭有劳学子们了。过去祭祀有春祭与秋祭，春祭一般在清明；秋季一般在重阳节前。子衿：周代读书人的服装。子：男子的美称；衿：即襟，衣领。

⑪ 霏微：雾气、细雨等弥漫的样子。

三 咏①

［明］钱　绅

青城王先生昔居郡学，即景对物，赋诗八章。意新句工，欣慨交心②，不揣芜词③，僭赓④雅韵。

南园

苍苍林木秀，弥弥⑤池泉清。
仰瞻学宫丽，有感先贤情。

道山

林杪⑥见孤峰，巍然碧溪上。
我念昔人游，登临一怊怅⑦。

泮池

泮池澄以洁，红明⑧开夏莲。
清风吹暑雨，滉漾⑨生微涟。

杏坛

古坛芳杏绕，披拂多清阴。
春深碧苔合，谁奏朱弦⑩琴？

古桧

老桧如苍龙，相传范公植。
柯叶日青青，岁寒无异色。

来秀桥

湖波入桥下，水渌澄寒清。
时有俊英者，翩翩来濯缨。

采芹亭

芹生泮池上，香度古亭阴。

春秋荐嘉祭⑪，采捋⑫多青衿。

春雨亭

亭临高冈后，春雨常阴阴。

沾濡⑬若圣化，卉木皆成林。

【作者简介】

　　钱绅，苏州府吴县人，字孟书。少时勤于读书修行，后被推荐授苏州儒学训导，升鄞县教谕。品行纯洁端正，所藏书甚多，皆亲手缮写。

【注释】

　　① 此组诗选自《吴都文粹续集》卷四。

　　② 欣慨交心：欣喜感慨交集于心。陶潜《时运》诗序："春服既成，景物斯和，偶影独游，欣慨交心。"

　　③ 不揣芜词：不揣不考虑，不估量，犹言不自量，多用作谦词。芜词：芜杂之词，常用作对自己文章的谦称。元代无名氏《碧桃花》第一折："芜词拙笔，徒污仙眼耳。"

　　④ 僭赓：僭，本义是超越本分，古代指地位在下的冒用在上的名义、礼仪和器物等。这里用作谦辞。赓：酬答、应和。

　　⑤ 弥弥：水满貌。《诗·邶风·新台》："新台有泚，河水弥弥。"谢灵运《山居赋》："弥弥平湖，泓泓澄渊。"

　　⑥ 林杪：树梢，林外。陆机《感时赋》："猿长啸于林杪，鸟高鸣于云端。"

　　⑦ 怊（chāo）怅：悲伤失意的样子。《楚辞·九辩》："心摇悦而日幸兮，然怊怅而无冀。"皎然《奉送陆中丞长源诏征入朝》诗："归心复何奈，怊怅在江滨。"

　　⑧ 红明：红而鲜亮。杨万里《樱桃》："计会小风留紫脆，殷勤落

日弄红明。"

⑨ 混漾：荡漾。

⑩ 朱弦：用练丝（即熟丝）制作的琴弦，泛指琴瑟类弦乐器。《礼记·乐记》："《清庙》之瑟，朱弦而疏越。"郑玄注："朱弦，练朱弦。练则声浊。"

⑪ 春秋荐嘉祭：祭祖大凡是在每年农历的春分或秋分举行，故常有"春秋二祭"之说，春祭的时间一般是在清明节，秋祭的时间一般是阴历十月（重阳节前）。嘉祭：美好的祭祀活动。

⑫ 采捋：摘取。语本《诗·周南·芣苢》："采采芣苢，薄言捋之。"刘基《感怀》诗："荣盛方及时，采捋一何频！"

⑬ 沾濡：浸湿。司马相如《封禅文》："怀生之类，沾濡浸润。"

四 咏①

［明］赵宗文

南园

南园美风致②，嘉木含余清。
谁遗③育才地？怀哉千古情。

道山

道山高可登，平临学宫上。
遵④彼人共由，仰瞻莫徒怅。

泮池

水绕泮宫碧，静深宜植莲。

雨来弥化泽，风动漾文涟。

杏坛

希圣⑤仰芳躅⑥，古坛存杏阴。
谁能不澄虑⑦？花底听弹琴。

古桧

樛如左纽枝，谁向学宫植？
化雨沐来深，千年挹贞色。

来秀桥

名桥着深意，泮水涵余清。
客有来游者，芹香袭冠缨，

采芹亭

芹香泮水洁，采之向亭阴。
伊谁乐朝夕？游歌有青衿。

春雨亭

雨洒学宫树，云生泮水阴。
英才已霑化⑧，余泽沛儒林。

【作者简介】

　　赵宗文（1364—1440），据《吴郡文粹续集》卷四《赵宗文生圹志》自云：宗文姓赵氏，名文，宗文字也。世为崇明人，曾祖讳兴祖，积善以行义。值元季海盗剽掠，徙居长洲之甫里，遂占籍……文居其长，甫弱冠不幸先君子弃诸孤，遭家多故，旧业几坠，赖吾母力以教养，渐底成立。洪武间，县令周博举文为人材召至京，以母老得请以归养母卒。永乐五年诏求贤，文又以翰林典籍梁用行荐，授番阳知县，后以事免官还田里。日以吟咏自娱，未尝务外慕。今年七十有六，老病日侵，知不能久于世……文生于甲辰二年乙未二月戊午……所述诗有《慎独斋集》四十卷，《理学直言》一卷，文则有《止义斋集》二十卷。

【注释】

　　① 此组诗选自《吴都文粹续集》卷四。

　　② 风致：这里指风味，情趣。

　　③ 遗（wèi）：赠送。

　　④ 遵：沿着、依照、按照。

　　⑤ 希圣：效法圣人，仰慕圣人。宋范仲淹《上张右丞书》："希圣者，亦圣人之徒也，从容正道，不能维其末。"

　　⑥ 芳躅：指前贤的踪迹。

　　⑦ 澄虑：指澄清思虑。

　　⑧ 霑化：接受教化，感受德化。

五　咏①

［明］陈孟浩

南园

松柏园池盛，风烟地位清②。

蝉联冠佩③出，肩踵④昔人情。

道山

为山知几仞？嵯峨霄汉上。

登高倚白云，瞻仰聊忻怅⑤。

泮池

半泓水清浅，淤泥新种莲。

花时来赏玩，披襟咏风涟。

杏坛

杏坛绝尘鞅⑥，苍翠围绿阴。

圣人去世远，无复坐鼓琴。

古桧

参天几千尺，知是何年植？

偃盖⑦走虬龙⑧，四时苍翠色。

来秀桥

虹影⑨枕溪水，无尘挠其清。

晚晴汲新绿，聊将濯吾缨⑩。

采芹亭

池上新亭好，开轩面翠阴。

泮宫采芹子，倚柱时披衿。

春雨亭

好雨当春落，闲亭尽日阴。

清声生泮水，膏泽被词林⑪。

【作者简介】

陈孟浩，新淦人，永乐十六年（1418）进士。曾任长沙府学教授，永乐二十二年（1424）升职苏州府。三年考绩后，再升职，仍掌学事，任苏州府儒学教授。当时苏学倾废，泮池、方池二桥，木质腐朽，孟浩想以石代之，难于经费。孟浩乃先建泮桥，自捐俸薪一年，而训导马寿、钱绅、韩阳继之，不日工成。两桥位置精整，增饰先圣、先贤庙貌，胡粟、金幼孜各有记。他曾为元好问主编的金代诗歌总集《中州集》宣德年间的刻印本作序。著有《淡庵》《归乐》二稿。（同治《苏州府志》）

【注释】

① 此组诗选自《吴都文粹续集》卷四。

② 风烟：犹风尘，尘世。地位：位置。清：清幽，雅静。这句是说南园处在尘世中一个很清幽雅静的位置。

③ 冠佩：指古代官吏的冠和佩饰，这里代指官吏。

④ 肩踵：摩肩接踵的略说，形容人多。

⑤ 忻怅：欣喜和惆怅。韩愈《岳阳楼别窦司直》："主人孩童旧，握手乍忻怅。"

⑥ 尘鞅：世俗事务的束缚。鞅，套在马颈上的皮带。唐代牟融《寄羽士》诗："使我浮生尘鞅脱，相从应得一盘桓。"范成大《送关寿卿校书出守简州》诗："京洛知心尘鞅里，江吴携手暮帆边。"清代吴伟业《送何省斋》诗："君今谢尘鞅，轻装去如驶。"

⑦ 偃盖：形容松树枝叶横垂，张大如伞盖之状。杜甫《题李尊师松树障子歌》："阴崖却承霜雪干，偃盖反走虬龙形。"《西游记》第九三回："隐隐见苍松偃盖，也不知是几千百年间故物到于今。"

⑧ 虬龙：比喻盘屈的树枝。

⑨ 虹影：拱桥的影子，因拱桥的洞像彩虹。

⑩ 濯吾缨：出自先秦佚名《沧浪歌》"沧浪之水清兮，可以濯我缨；沧浪之水浊兮，可以濯我足"。

⑪ 膏泽，滋润作物的雨水，常比作恩惠。《孟子·离娄下》："谏行言听，膏泽于下民。"被：盖，遮覆。词林：词坛，也可泛指诗坛、文坛。

六 咏①

［明］马 寿

南园

稍辟郡胶②地，畅然有余清。
昔人不可作，独轸怀③贤情。

道山

层峦何蜿蜒，迥出④云霄上。
卓立俨在前，澄心⑤屡瞻怅。

泮池

泮水清且浅，唯产蒲与莲。

晓日潜鱼起，晴纹散清涟。

杏坛

修条洒新绿，密叶敷层阴。

高秋动灵籁[6]，恍若弹瑶琴[7]。

古桧

在物非所重，所重古人植。

手泽[8]永不朽，千年恒秀色。

来秀桥

曲折通宫沼，湛湛涵秋清。

寿[9]吾斯文脉，累世荣冠缨[10]。

采芹亭

眷彼香芹美，丛生霭云阴。

佳亭谁所构？永以集群衿[11]。

春雨亭

尽日疏还密，方春晴复阴。

忽闻来远峤⑫，仿佛沾琼林⑬。

【作者简介】

马寿，字修龄，明乌程（古县名，隶属今湖州）人。举人，永乐二十年（1422）任苏州府学训导。陈孟浩任苏州儒学教授时，马寿与钱绅同为训导，两人协助陈孟浩为修建泮桥作出了贡献。

【注释】

① 此组诗选自《吴都文粹续集》卷四。

② 郡胶：即郡学。胶：古代大学之称，后泛指学校。如：胶序（殷学名序，周学名胶；后用为学校的通称）。胶庠（古代学校名，其中胶为周时大学名，庠为周时小学名）。

③ 轸怀：痛念。《楚辞·九章·哀郢》："出国门而轸怀兮，甲之朝吾以行。"王逸注："轸，痛也。怀，思也。"

④ 迥（jiǒng）出：高耸貌。高出，超过。

⑤ 澄心：使心情清静，静心。

⑥ 灵籁：优美动听的乐音。孔尚任《桃花扇·入道》："共听灵籁，同饮仙浆。"

⑦ 瑶琴：用玉装饰的琴。南朝宋鲍照《拟古》之七："明镜尘匣中，瑶琴生网罗。"王昌龄《和振上人秋夜怀士会》："瑶琴多远思，更为客中弹。"

⑧ 手泽：犹手汗。后多用以称先人或前辈的遗墨、遗物等。《礼记·玉藻》："父没而不能读父之书，手泽存焉尔。"孔颖达疏："谓其书有父平生所持手之润泽存在焉，故不忍读也。"

⑨ 寿：活用为动词，使之长寿、长久。

⑩ 冠缨：指仕宦。李白《古风》之十九："流血涂野草，豺狼尽冠缨。"

⑪ 群衿：指很多学生。衿：指青衿，读书人的服装，代指学生。

⑫ 峤：本指高而尖的山，泛指高山或山岭。

⑬ 琼林：琼树之林。古人常用以形容佛国、仙境的瑰丽景象。

七 咏①

[明] 韩 阳

南园

眷兹②南园地，山水秀而清。
范公创新学，千古见高情。

道山

兹山何崔巍？迥出青云上。
圣道仰弥高③，后学徒增怅。

泮池

水涵半池碧，中有君子莲。
雨余花更好，微风动青涟。

杏坛

坛前有嘉禾，盛夏多繁阴。
闲从二三子，坐石鸣孔琴④。

古桧

范公建学官，兹树亲手植。

于今几百年，犹存旧时色。

来秀桥

太湖抱城郭，流入泮池清。
清沟架石梁，时时来缙缨⑤。

采芹亭

作亭泮水上，芹生泮水阴。
采掇供祭祀，青青来子衿⑥。

春雨亭

时雨滋品物⑦，亭间春昼阴。
往来无俗客，谈笑皆儒林⑧。

【作者简介】

韩阳，字伯阳，号思庵，明代山阴人。永乐丁酉以《春秋》魁省试，初授松江府学训导，调苏州。其教士有成业，誉望日起。聘江西乡试，所录皆名士。寻转丹阳教谕，召拜御史，官至广东左布政使。有《思庵集》。（《同治苏州府志》）

【注释】

① 此组诗选自《吴都文粹续集》卷四。
② 眷兹：怀念这（南园地）。眷：怀念。兹：指示代词，这。
③ 弥高：更加高。《论语·子罕第九》："仰之弥高，钻之弥坚。"
④ 孔琴：又名孔子瑟、仲尼琴。《永乐琴书集成》卷五《历代琴

式·仲尼琴》：“李勉《琴记》云：孔子琴长三尺六寸四分。”《史记·孔子世家》孔子学鼓琴师襄子，十日不进。师襄子曰：“可以益矣。”孔子曰：“丘已习其曲矣，未得其数也。”有闲，曰：“已习其数，可以益矣。”孔子曰：“丘未得其志也。”有闲，曰：“已习其志，可以益矣。”孔子曰：“丘未得其为人也。”有闲，〔曰〕有所穆然深思焉，有所怡然高望而远志焉。曰：“丘得其为人，黯然而黑，几然而长，眼如望羊，如王四国，非文王其谁能为此也！”师襄子辟席再拜，曰：“师盖云《文王操》也。”

⑤ 缙：《说文》：“缙，帛赤色也。”缨：“缨，冠系也。”与“缙绅”一样，原本旧时官宦的装束，后转用为官宦的代称。京剧《米注山》：“世代缙缨蒙君宠，权倾满朝第一臣。”

⑥ 青青来子衿：出自《诗·郑风·子衿》“青青子衿，悠悠我心”。毛传：“青青，青领也，学子之所服。”

⑦ 品物：万物。《易·乾》：“云行雨施，品物流形。”

⑧ 往来无俗客，谈笑皆儒林：化用刘禹锡《陋室铭》句“谈笑有鸿儒，往来无白丁”。俗客：指不高雅的客人。或指尘世间人，与神仙或出家、隐逸之人相对。儒林：儒家学者之辈。

八 咏①

［明］张 宜

南园

昔人作醉乡②，景物有余清。
吟赏时览胜，聊以适闲情。

道山

望道屡登山，道大莫能上③。

终焉不可见，令人动怊怅④。

泮池

泓然半璧秋⑤，芹香似池莲。
风动波成纹，悠悠散漪涟。

杏坛

寒暑互来往，倏焉⑥叹光阴。
昔人眇⑦何在？悲歌写鸣琴。

古桧

良材羡古桧，雨露久培植。
会当⑧作栋梁，参天凝黛色。

来秀桥

小桥通泮水，水色秀且清。
雅宜嗽⑨余酲，更可濯吾缨。

采芹亭

开亭临泮沼，窗户闷帘阴。
采芹不盈掬，幽香满青衿。

春雨亭

空亭掩春雨，绿窗生昼阴。

钩帘坐听处，清风来泮林。

【作者简介】

张宜，事迹不甚详。做过河南淇县的县令，撰有《故沈良琛妻徐氏墓志铭》，沈良琛是沈周（1427—1509）的先人。

【注释】

① 此组诗选自《吴都文粹续集》卷四。

② 醉乡：指醉酒后神志不清的境界。唐代王绩《醉乡记》："阮嗣宗、陶渊明等十数人，并游于醉乡。"李煜《锦堂春·昨夜风兼雨》："醉乡路稳宜频到，此外不堪行。"

③ 道大莫能上：这里的道是被虚化了的"道"，这句是说"道"太深奥，难以深入其"堂奥"。

④ 怊（chāo）怅：悲伤失意的样子。

⑤ 泓然：水清澈貌。半璧：泮池是半圆形，且秋水澄碧如玉，故曰"半璧秋"。

⑥ 倏（tiáo）焉："倏忽焉在"的缩写，出自屈原的《天问》："雄虺九首，倏忽焉在？"

⑦ 眇：通"渺"。高远；久远。《楚辞·九章》："眇不知其所蹠。"

⑧ 会当：唐人口语，意即一定要，该当，含有将然的语气。杜甫《望岳》："会当凌绝顶，一览众山小。"

⑨ 嗽（sòu）：吮吸。

病起登道山①

［明］皇甫信

杖藜扶我上幽亭②，万事经心③感慨生。

城郭已非吴越事，江山不改古今情。

雨余碧草连天色，风送黄鹂隔树声。

眺罢忽惊归去晚，马蹄催趁月华明。

【作者简介】

皇甫信（1444—1489），字成之，号韦庵。长洲（今江苏苏州）人。弘治元年（1488）贡生。系明代著名的"皇甫四子"（皇甫冲、皇甫涍、皇甫汸、皇甫濂）之祖父。他少负奇气，工诗文，尤工书法。行书师赵孟頫，楷书师张即之，求者日填户。吴中公府、学校、斋坊，题榜多出其手。著有《韦庵集》。

【注释】

① 选自《韦庵集》。

② 杖藜：拄着以藜木制成的手杖。幽亭：这里指道山亭，位于道山顶部。详见朱德润《陪于思庸训导登道山亭观梅，用坡仙韵》注释①。

③ 经心：萦心；烦心；劳心。王万钟《春宵》："人在西轩愁不寐，十年间事总经心。"

追和朱乐圃先生《苏学十题》①

[明]吴 宽

自序

苏自宋有学。景祐初，范文正公来典乡郡②，延安定胡先生为师③，继之者为乐圃朱先生。公既名臣，二先生又皆良师，一时人才造就，遂盛于天下。学，故吴越钱氏南园也，规制壮宏，远去市井④，山水之胜，嘉树奇石，错植其间，宛然林墅也。旧有十题，曰泮池、玲珑石、百干黄杨、公堂槐、辛夷、石楠、龙头桧、蘸水桧、鼎足松、双桐。至乐圃掌教时已亡其四，先生乃复益⑤之以多干柏、并秀桧、新杉、泮山，而十题复完。今去当时已数百年，独泮池、泮山尚在，而讲堂前二桧疑即并秀。若奇石，固有，不知其孰为玲珑也。宽为童子入学固不知十题之名，独⑥见国朝士大夫咏学中诸景诗刻石，然皆非十题之旧矣。比⑦宽自在都，再入翰林，专掌诰敕，暇日得阅秘书，而《乐圃集》在焉，见十题之作，而先生自叙其前尤详，乃悉次其题一过。夫今之学遭贤郡守屡加兴修，规制益胜，然所谓诸景又亡其三四矣，况数百年以前者乎？既和其诗，复序其事，庶⑧其物虽亡而其名犹存，后世亦有考焉耳。辛酉五月既望⑨序。

【作者简介】

吴宽（1435—1504），明代诗人、散文家、书法家。字原博，号匏庵，世称匏庵先生。直隶长洲（今江苏苏州）人。成化八年状元，授修撰。侍讲孝宗东宫。孝宗即位，迁左庶子，预修《宪宗实录》，进少詹事兼侍读学士。官至礼部尚书。著有《匏庵集》。

【注释】

① 选自《匏庵集》。

② 典乡郡：在家乡本郡做长官。典：主持。典郡：即主持一郡政事，谓任郡守。

③ 延安定胡先生为师：延，邀请，聘请。安定胡先生：胡瑗（993—1059），字翼之，因祖居陕西路安定堡，故世称安定先生。北宋理学家、思想家和教育家。他生于泰州如皋县宁海乡胡家庄，后迁居如城严家湾。他提倡"以仁义礼乐为学"，讲求"明体达用"，开宋代理学之先声。先后主持苏、湖两州州学，所创"经义""治事"两斋，为高等学校分系分科的开端。嘉祐三年（1058）因病赴临安其长子胡志康处颐养，离京时，送行者百里不绝。次年病故，谥文昭，葬于浙江乌程。如皋胡家庄有衣冠冢。著有《尚书全解》《春秋要义》《周易口义》《皇祐新乐图记》等。

④ 远去市井：远离喧嚣的闹市。市井：古代指城市城镇，街坊民居。《初学记》卷二四："或曰古者二十亩为井，因井为市，故云也。"

⑤ 益：增加。如延年益寿。

⑥ 比：等到。

⑦ 庶：希望。

⑧ 既望：农历每月十五称"望"；十六称"既望"；最后一天称"晦"。

【翻译】

苏州从宋朝开始有府学，景祐初年（1034），范文正公调任家乡苏州任知州，邀请胡安定先生为掌教，继任者为朱乐圃先生。范公是名臣，两位先生又都是良师，一时培养了不少人才，于是在天下颇富盛名。府学位于昔日吴越王钱氏的南园，规模宏大，远离街市，山水胜景，名木奇石，杂置其中，好像是山林谷壑。昔日有十首描写校园胜景的诗，它们是泮池、玲珑石、百干黄杨、公堂槐、辛夷、石楠、龙头桧、醮水桧、鼎足松、双桐。到了朱乐圃任掌教时已少了其中的四个，朱先生于是又增加了多干柏、并秀桧、新杉、泮山，十题就完全恢复了。现在离当时已经数百年，唯有泮池、泮山还在，而讲堂前的两棵桧树可能就是并秀桧。奇石本来就有，不知哪一个是玲珑石。当我是童子入学时本不知道十个胜景的名称，只看到刻在石头上的本朝士大夫们吟咏府学中的景物的诗，然都不是当年的十首旧题了。等到我只身进入京都，再入翰林院，专门掌管诰敕之事，闲暇之日，得以阅读一些秘籍，而《乐圃集》即在阅读之列，得以见到十题之作，而先生写在前面的序言尤其详细。于是全部依次阅读一遍。今天的府学被各位贤能的郡守屡加维修，规模越来越大，可惜当年所说的各景却又损失了三四，何况数百年之前呢？已经和了诗，又写了序言记载此事，希望此物虽然没有了而名字犹存于人心中，后世之人也可以做一考证。

1501 年农历五月十六日序。

泮山

少小游歌地，升堂步未穷[①]。
移山元费力，覆篑[②]竟成功。
狭径埋芳草，孤亭纳暑风。
登高夸壮丽，典学念文翁[③]。

【注释】

① 少小游歌地，升堂步未穷：少小游歌地，即小时候读书游玩的

地方。吴宽在《自序》中说："宽为童子入学固不知十题之名。"升堂步未穷：学问技艺虽已入门，但以后的求学之路没有穷尽。升堂：登上厅堂，比喻学问技艺已入门。

② 覆篑：意思是倒一筐土。谓积小成大，积少成多。

③ 典学：指经常勤学。文翁（187—110），名党，字仲翁，公学始祖，庐江舒人，西汉循吏。汉景帝末年为蜀郡守，兴教育、举贤能、修水利，政绩卓著。为了纪念文翁，庐江县建乡贤祠（移建后易名忠义祠），首立文翁崇祀，以启后贤。此处代指范仲淹。

【翻译】

这里是我儿时求学游玩之地，学问虽已入门但路却没有穷尽。

移山本是一件很费力气的事，但积少成多堆山竟然成功。

狭窄的山径被郁郁芳草覆盖，一座亭子沐浴着暑气清风。

我登临高处夸赞壮丽美景，在此勤于学习时常念及文翁。

泮池

半形①循学舍，一水转松林。

盛矣来多士②，依然广德心。

跨桥③方觉阔，垂钓不知深。

此地名龙脑④，扬波愿作霖。

【注释】

① 半形：即泮池，"泮宫之池"，位于大成门正前方，一般为半月形。

② 士：对读书人的通称。与农、工、商相并列的四个阶层之一。

③ 跨桥：横桥。苏州府学的泮池上有一三拱泮桥，把泮池分成东西两半，至今完好。

④ 龙脑：即龙首。据风水先生讲，现今的人民路过去叫卧龙街，

北寺塔为龙尾，府学所在的南园则为龙首。

玲珑石

奇特非常品，来从建学前。
久为钱氏物，中有洞庭天[①]。
轻比滨浮磬，温须玉出烟。
菱溪何足记，想起状顽然[②]。

【注释】

①"奇特非常品，来从建学前。久为钱氏物，中有洞庭天"：朱长文的《苏学十题》讲："苏学，故南园之地。南园者，钱元璙之所作也。钱侯好治园林，筑山浚池，植异花木充其中。未久，归于国朝。百年承平之间，万物茂遂，得桓其生。厥后割南园之异隅以为学舍，遗址余木，迄今有存者。而建学之后，继有培植。"朱长文的《吴郡图经续记》也说钱元璙"颇以园池草木为意，建南园、东圃及诸别第"，又说：元璙"好治林圃，醲流以为沼，积土以为山，岛屿峰峦，出于巧思，求致异木，比及积岁，皆为合抱，亭宇台榭，值景而造，所谓三阁，名品甚多，二台、龟首、旋螺之类"。范成大的《吴郡志》载："南园，吴越广陵王元璙之旧圃也。老木皆有抱，流水奇石，参差其间。王禹偁为长洲县令，尝携客醉饮。"这些记载无不涉及钱元璙这个人物。由此可推断：按钱元璙甫任职苏州就建南园算起，当始建于公元912年。当然建一个规模宏大的园林不是一蹴而就的，从史料记载看，钱元璙死后，其儿子钱文奉依旧在扩建南园，由此大致推算，南园达鼎盛用了三四十年的时间。钱元璙的儿子钱文奉也是一个狂热的园林建造者，它扩筑南园、建造东墅，均为吴中名胜。北宋路振撰写的《九国志》载钱文奉曾"三十年间，极园池之赏。奇卉异木及其身，见皆成合抱。又累土为山，亦成岩谷。晚年经度不已，每燕集其间，任客所适。文

奉跨白骡，披鹤氅，缓步花径，或泛舟池中"。南园当时之盛况可见一斑。由此也可以断定这"十景"大都是钱元璙、钱文奉父子建南园时留下的。玲珑石作为园林的最基本要素，肯定是少不了的。后来随着岁月变迁，风雨侵蚀、战火毁坏，这些景点逐渐消失，"十景"之一的玲珑石也不知所踪了，只有泮山（道山）、泮池这两景虽历千年而仍在。根据朱长文《苏学十题》的记载，在他那时"十景"还剩下"六景"，玲珑石还在的，后来何时遗失、流落何方就不得而知了。"中有洞庭天"，从"玲珑石"之名和"中有洞庭天"来判断，此石当为太湖石，因为太湖石的特点是皱、漏、透、瘦，且苏州紧邻太湖，钱氏造园就地取材是情理之中的事。

② 菱溪何足记，想起状顽然：欧阳修有《菱溪石记》，原文如下：

> 菱溪之石有六，其四为人取去，而一差小而尤奇，亦藏民家。其最大者，偃然僵卧于溪侧，以其难徙，故得独存。每岁寒霜落，水涸而石出，溪旁人见其可怪，往往祀以为神。
>
> 菱溪，按图与经皆不载。唐会昌中，刺史李渍为《荇溪记》，云水出永阳岭，西经皇道山下。以地求之，今无所谓荇溪者。询于滁州人，曰此溪是也。杨行密有淮南，淮人讳其嫌名，以荇为菱；理或然也。
>
> 溪旁若有遗址，云故将刘金之宅，石即刘氏之物也。金，伪吴时贵将，与行密俱起合淝，号三十六英雄，金其一也。金本武夫悍卒，而乃能知爱赏奇异，为儿女子之好，岂非遭逢乱世，功成志得，骄于富贵之侈欲而然邪？想其蓓池台榭、奇木异草与此石称，亦一时之盛哉！今刘氏之后散为编民，尚有居溪旁者。
>
> 予感夫人物之废兴，惜其可爱而弃也，乃以三牛曳置幽谷；又索其小者，得于白塔民朱氏，遂立于亭之南北。亭负城而近，以为滁人岁时嬉游之好。
>
> 夫物之奇者，弃没于幽远则可惜，置之耳目则爱者不免取

之而去。嗟夫！刘金者虽不足道，然亦可谓雄勇之士，其平生志意，岂不伟哉。及其后世，荒堙零落，至于子孙泯没而无闻，况欲长有此石乎？用此可为富贵者之戒。而好奇之士闻此石者，可以一赏而足，何必取而去也哉。

此处以欧阳修笔下的"菱溪石"的顽然，衬托玲珑石的珍贵。顽然：清代著名画家，扬州八怪之一的郑板桥除了画兰竹，也酷爱奇石，且善画丑石。石头本是世间坚硬而无生命力的东西，但在郑板桥的笔下却画活了，被赋予了生命的气息，使得石头成了脱俗之物。他有诗句曰："顽然一块石，卧此苔阶碧。雨露亦不知，霜雪亦不识。园林几盛衰，花树几更易。但问石先生，先生俱记得？"在他笔下已是人石通灵，物我相化。吴宽运用此典赞美玲珑石的灵气。

百干黄杨

严凝霜雪后，蕃衍弟兄同[1]。
贴英题青李[2]，刀难断寸葱。
厄多逢岁闰[3]，材短谢良工。
桃李纷如许，终看立下风[4]。

【注释】

[1] 蕃衍弟兄同：百干乃同一灵根长出，故曰兄弟。

[2] 贴英题青李：青李，李子的一种。王羲之《来禽帖》："青李、来禽、樱桃、日给藤子皆囊盛为佳，函封多不生。"因此帖首句有"青李"字样，后来王羲之的这幅法帖又称《青李》。

[3] 厄多逢岁闰：岁闰，即闰年，凡阳历中有闰日（二月为二十九日）的年，或阴历中有闰月（一年有十三个月）的年。民间认为"闰年"多有灾祸。

④ 桃李纷如许，终看立下风：这两句以桃李作反衬，来赞美百干黄杨。

公堂槐

离叶①连街上，狐根寄学中。
名扬苏子记②，阴覆鲁侯宫③。
既久今何在，惟乔④自不同。
曾沾时雨化，多幸遇朱公⑤。

【注释】

① 离叶：茂盛的叶子。离：即离离，浓密盛多的意思。白居易《赋得古原草送别》："离离原上草，一岁一枯荣。"

② 名扬苏子记：苏子，指苏舜钦。朱长文《苏学十题（并序）》载："苏学昔有十题，曰泮池、玲珑石、百干黄杨、公堂槐、辛夷、石楠、龙头桧、蘸水桧、鼎足松、双桐是也。或云苏子美命名，然篇咏莫传，殆有其名而无其辞也。"

③ 鲁侯宫：指文庙。

④ 惟乔：即厥木惟乔简称，意思是树木茁壮成长、高大挺拔。语本《书·禹贡》："厥草惟夭，厥木惟乔。"孔传："少长曰夭；乔，高也。"古人在判断句或描写句中用一个惟字或维字大多是为了加强句子的语气或足音节足句。

⑤ 朱公：指朱长文。

辛夷

庄周称散木①，形状独离奇。
名在谁多识，花开每及时。

鸟窥无可食，虫蚀也须医。

作笔应全误②，纷纷落研池。

【注释】

① 散木：原指因无用而享天年的树木。后多喻天才之人或全真养性、不为世用之人。典出《庄子人间世》：匠石之齐，至于曲辕，见栎社树。其大蔽牛，絜之百围，其高临山十仞而后有枝，其可以舟者旁十数。观者如市，匠伯不顾，遂行不辍。弟子厌观之，走及匠石，曰："自吾执斧斤以随夫子，未尝见材如此其美也。先生不肯视，行不辍，何邪？"曰："已矣，勿言之矣！散木也。以为舟则沉，以为棺椁则速腐，以为器则速毁，以为门户则液瞒，以为柱则蠹，是不材之木也。无所可用，故能若是之寿。"

② 据作者自注：辛夷，一名木笔。

石楠

泮水根常溉，临池路不遥。

顾詹①依曲槛，爱护障轻绡②。

别种为交让③，终年亦后凋。

有材非爨④用，斤斧免山樵。

【注释】

① 顾詹：回首瞻望。《史记·周本纪》："我南望三涂，北望岳鄙，顾詹有河，粤詹雒伊，毋远天室。"

② 轻绡：一种透明而有花纹的丝织品。

③ 交让：据作者自注，春楠为交让木。

④ 爨（cuàn）：烧火煮饭。

多干柏

新甫①传遗种，吴门见后昆②。

碧霄多直干，黄壤本同根。

霜雪持高节，莓苔接古痕。

三年非梙木③，十亩自阴繁。

【注释】

① 新甫：山名，即新甫山，又名宫山、小泰山，在今山东省新泰县西北四十里。《鲁颂·闷宫》："徂徕之松，新甫之柏。"毛《传》名词解释："新甫，山也。"王先谦《集疏》名词解释："《汉书·地理志》泰山郡有梁父县。《后魏志》鲁郡汶阳县有新甫山，新甫即梁甫也。'父''甫'古通用。《白虎通》曰名词解释：'梁甫者，泰山旁山名。'"

② 后昆：后代，后嗣。王维《同卢拾遗韦给事东山别业二十韵》："盛德启前烈，大贤钟后昆。"苏轼《吊徐德占》诗："死者不可悔，吾将遗后昆。"

③ 梙（qī）木：别名水冬瓜树、水青风、梙蒿，为桦木科，是中国特有种和福建重要的乡土树种之一。梙木叶片、嫩芽药用，可治腹泻及止血。

并秀桧

讲堂前并立①，霜雪傲玄冥②。

此树今犹在，常年不改青。

雨来添秀色，风动散微馨。

科第能相继，题名下有亭③。

【注释】

① 讲堂前并立：讲堂，即现在的明伦堂，这句话点出了这棵"并秀桧"的位置。

② 玄冥：深远幽寂。这里指天空。

③ 科第能相继，题名下有亭：科第：科考及第。相继：一个跟着一个；连续不断。这两句是说凡是科举中榜者，名字都刻在这棵并秀桧下面的亭子里。

新杉

生为松柏类，不逐岁寒凋。

弱质蒙春雨，离情薄紫霄①。

诸生沾剩馥②，巧匠待长条。

此日材当大，初裁自宋朝③。

【注释】

① 薄：迫近。紫霄：高空。晋代曹毗《马射赋》："状若腾虬而登紫霄，目似晨景之骇扶木。"

② 剩馥：余香；遗泽。

③ 初裁自宋朝：最初有此树是在宋朝。最早苏舜钦有诗记之。

范文正手植柏^①

［明］文徵明

苍官^②培植自名臣，余荫青青庇本根。

一代高标^③声未剪，千年正气节犹存。

贞姿不受风雷蚀，偃盖^④常承雨露恩。

珍重岁寒遗德远，讲堂南畔翠绸缊^⑤。

【作者简介】

文徵明（1470—1559），原名壁，或作璧，字徵明，号衡山居士，长洲（今江苏苏州）人，明代杰出画家、书法家、文学家。其诗、文、书、画无一不精，在画史上与沈周、唐寅、仇英合称"明四家"，在诗文上与祝允明、唐寅、徐祯卿并称"吴中四才子"。传世画作有《千岩竞秀》《万壑争流》；诗文有《甫田集》《文徵明集》。

【注释】

① 选自《文徵明集》，上海古籍出版社 2014 年 12 月出版。

② 苍官：松或柏的别称。清代曹寅《戏题》之三："生小苍官豁眼青，可堪丹粉上银屏。"

③ 高标：高枝，高树。《文选·左思〈蜀都赋〉》："羲和假道于峻岐，阳乌回翼乎高标。"刘逵注："言山木之高也。"吕延济注："高标，高枝也。驭日至此，碍于高树，故假道而行。"也比喻出类拔萃的人。颔联有双关意，既是写柏，也是写植柏的范文正公。

④ 偃盖：车篷或伞盖。喻指圆形覆罩之物。形容松树枝叶横垂，张大如伞盖之状。

⑤ 绸缊：也作氤氲，指湿热飘荡的云气，烟云弥漫的样子。也有充满的意思。

郡 学

[清]赵士麟

吴郡古都会，建国始仲雍①。

大海从东注，震泽②复西通。

浙闽承其委③，荆楚当厥冲④。

眷此山川秀，岂第⑤田赋丰。

我爱范文正，舍宅为学宫⑥。

曲为桑梓计⑦，宛与来暠⑧同。

顾陆簪缨盛，朱张甲第崇⑨。

忘己仁人事，无私天地衷⑩。

悠哉怀往昔，豁焉荡心胸。

【作者简介】

赵士麟（1629—1699），字麟伯，号玉峰，云南省澄江县人。顺治十七年（1660）庚子科中举，康熙三年（1664）甲辰科考取进士。吏部分派到贵州省平远县任推官（审判员），他大公无私，详查案情，惩暴安良。他认为要治理好地方，必须振兴教育，于是创立"正学书院"，以"立志、辨学、正心、慎独"为宗旨，教育民众立志立德，勤奋读书。容城当时政务偏废，摊派苛刻，赵士麟到任后尽行革除，并刻碑文以示永远遵守。康熙二十三年（1684），赵迁升浙江巡抚，他到任视事后，博采群言，调查研究，避害兴利。浙江漕运（国家从水道运粮）从来经费浩大，弊病滋生。他深入调查，了解前因后果，采取措施，使数十年盘根错节的问题得以解决。康熙二十五年（1686），奉调江苏巡抚，他到任后，"恤刑狱、厘钱法、兴水利、办学校、奖孝悌、尚廉洁"，人称善政。康熙二十六年（1687）调回京城，升兵部督捕右侍郎，旋升吏部右侍郎，转左侍郎。他大胆举荐贤能，不搞任人唯亲，致使官员不敢行私舞弊。赵士麟自幼孝顺，对万太夫人问寝视膳、晨省晚侍的礼节，数十年如一日。当老夫人九十八岁，以闰月计为百岁时，康熙帝特御书匾额以赐，诰封一品夫人，也诰封士麟为特授光禄大夫。有《读书堂集》四十六卷传世。

【注释】

① 仲雍：又称虞仲、吴仲、孰哉，本系姬姓，是黄帝的十八世孙，陕西岐山周族首领古公亶（dǎn）父（周太王）的第二子。仲雍和其兄太伯为让父王实现灭商的愿望，把王位继承权主动让给弟弟季历，让国南奔，俱适荆蛮（苏州、无锡、常熟一带），建立吴国。季历生子姬昌是为周文王，为灭商建周奠定了基础。荆蛮立太伯为吴君。太伯卒，立虞仲为吴王。

② 震泽：太湖的古称。《书·禹贡》："三江既入，震泽厎定。"太湖古称还有具区、笠泽。《尔雅·释地》："吴越之间有具区。"注为"今吴县南太湖，即震泽是也"。

③ 委：水流汇聚的地方，水的下游。《礼记·学记》："三王之祭川也，皆先河而后海，或源也，或委也，此之谓务本。"

④ 厥：其，他的。冲：通行的大路，重要的地方。

⑤ 岂弟：同"恺悌（kǎitì），岂弟，恺弟"，和乐平易；态度和蔼，容易接近。《汉书·张禹传》："宣为人恭俭有法度，而崇恺弟多智，二人异行。"

⑥ 南园曾分封给范仲淹作为其私家领地，因其地风水好，于是捐出此地于1035年创办了府学。

⑦ 桑梓：《诗·小雅·小弁》："维桑与梓，必恭敬止。"朱熹注："桑、梓二木。古者五亩之宅，树之墙下，以遗子孙给蚕食、具器用者也……桑梓父母所植。"东汉以来，一直以"桑梓"借指故乡或乡亲父老。

⑧ 来晜（kūn）：第四、五代孙。《尔雅·释亲》："子之子为孙，孙之子为曾孙，曾孙之子为玄孙，玄孙之子为来孙，来孙之子为晜孙，晜孙之子为仍孙，仍孙之子为云孙，云孙之子为耳孙。"晜：音"昆"，远孙也。

⑨ 顾陆：东汉三国时即有姑苏"顾陆朱张"四名家并称的说法，并有"张文、朱武、陆忠、顾厚"之说。顾氏中名人有顾雍、顾野王、顾鼎臣、顾沅、顾文彬等，陆氏中名人有陆逊、陆绩、陆润庠、陆肯堂等。簪缨：古代官吏的冠饰，比喻显贵。朱张：朱氏中朱长文、朱珔、朱骏声等，张氏中张昭、张旭、张籍等，均为吴门大家中的代表人物。甲第：豪门贵族的宅第，指豪门贵族，也指科举考试中的第一等。这两句话是互文。

⑩ 衷：中心，中央。

道 山

[清] 张大纯

道山犹是旧山川，一片青云古殿边^①。
北望须知临抚署^②，师儒讵敢^③上峰巅。

【作者简介】

张大纯（1637—1702），江苏长洲（今江苏苏州）人，字文一，号松斋，清初学者。他夙抱雅尚，素负文名。吴江人徐崧编《百城烟水》胪列苏州府所属名胜。大纯与徐崧朝夕过从，为莫逆之交。徐崧去世后，大纯对徐书重加纂辑，补缀完篇，刊于康熙二十九年。大纯另著有《严居杂咏》等。

【注释】

① 古殿：这里当指文庙。

② 抚署：指江苏巡抚衙门。位于苏州中学北门口的书院巷北侧，距离道山仅百米左右。

③ 师儒：古代指教官或学官。讵（jù）敢：怎敢，岂敢。

【点评】

这首七绝语浅意深，从道山的悠久历史和位置上赞颂了道山的神圣和庄严。

苏州府学杂题四绝其一①

[清] 赵执信

南园千亩任流萤②，谁为王家更勒铭③。
一种迎春与消暑④，时人剩上道山亭⑤。

【作者简介】

赵执信(shēn)(1662—1744)，字伸符，号秋谷，晚号饴山老人、知如老人。清代诗人、诗论家、书法家。青州府益都县颜神镇人，其家乡后于雍正十二年改为博山县，系今天淄博市博山区。十四岁中秀才，十七岁中举人，十八岁中进士，后任右春坊右赞善兼翰林院检讨。1689 年 8 月中旬，赵执信被友人洪昇邀请观演《长生殿》传奇。由于这次宴饮观剧是在康熙佟皇后病逝尚未除服的"国恤"期间举行的，被给事中黄六鸿乘机弹劾，执信面临不测之罪，不顾个人安危，到考功处声明说"赵某当座，她人无与"。赵执信后以"国恤张乐大不敬"的罪名革职除名，结束了他在北京的十年仕宦生涯。当时京都有人对赵执信的才华和遭遇发出了"秋谷才华向绝伦，少年科弟尽风流，可怜一曲长生殿，断送功名到白头"的感叹。赵执信被罢官后，同年初冬离开北京返家时写下《出都》诗："事往浑如梦，忧来岂有端，罢官怜酒失，去国觉天寒，北阙烟中远，西山马首宽，十年一挥手，今日别长安。"此后五十年间，终身不仕，各地漫游，徜徉林壑。特别是以苏州为中心的江南地区，他前后到过五次，最后一次竟在苏州住了四年。赵执信为王士禛甥婿。他一生的诗歌创作和诗歌理论，都收集在《饴山堂诗文集》中。

【注释】

① 选自《饴山堂诗文集》，中华书局 1931 年出版。

② 此句是指南园已经荒废，成了流萤的乐园。流萤：飞行的萤火虫。

③ 勒铭：镌刻铭文，也指刻在金石上的铭文。

④ 原注："迎春""消暑"即迎春亭和消暑亭，皆为钱元璙所建。一种：一样，同样。

⑤ 剩上：多上。剩，多的意思。宋代方岳《最高楼》："且容侬，多种竹，剩栽梅。"

【翻译】

千亩南园到处是乱飞的萤虫，是谁为王家变了镌刻的文铭？

迎春亭消暑亭与道山亭一样，当时的人却大多登上道山亭。

【点评】

作者用对比衬托的手法突出了道山亭在当时人们心中的地位之高，当然关键是道山的地位高。

第三辑

紫阳书院

示书院诸生①

[清]沈德潜

一

闱墨②人人费揣摩，性灵汩没③滞偏颇。
请看帆逐湘流转，九面衡山望里过。

二

一扫蝇蚊展羽声，吐辞岳岳与觥觥④。
杜韩⑤两语标宗旨，巨刃摩天掣大鲸。

【作者简介】

沈德潜（1673—1769），字确（què）士，号归愚，江苏苏州府长洲（今江苏苏州）人。清代大臣、诗人、学者。乾隆元年（1736），荐举博学鸿词科，乾隆四年（1739），以六十七岁高龄得中进士，授翰林院编修，乾隆帝喜其诗才，称其"江南老名士"。历任侍读、内阁学士、上书房行走，乾隆十四年（1749）升礼部侍郎，乾隆二十二年（1757）加礼部尚书衔，乾隆三十年（1765），封光禄大夫、太子太傅。乾隆三十四年（1769）病逝，赠太子太师，祀贤良祠，谥文悫（què）。后因卷入徐述夔案，遭罢祠夺官。所著有《沈归愚诗文全集》。又选有《古诗源》《唐诗别裁》《明诗别裁》《清诗别裁》等，流传颇广。

【注释】

① 选自《沈归愚诗文全集》乾隆刻本。
② 闱墨：闱，科举乡试、会试后，主考挑选试卷中文字符合程式

的编刻成书，明代称"小录"，清代称"闱墨"。

③ 汩没：埋没，湮灭。

④ 展羽声：扇动翅膀的声音。岳岳、觥觥，都有刚直不阿之意。

⑤ 杜韩两语：指杜甫与韩愈两家的诗文。

【点评】

这两首都是说理诗，第一首是告诫书生写文章不能失去性灵，失去性灵文章就会阻滞，文章有了性灵就如舟行顺水，一路风光尽收眼底。第二首是说写文章不能轻浮柔弱，要以杜甫、韩愈为榜样，利如坚刃，气如洪钟。

访沈归愚不值①

[清] 陈祖范

夫君名噪性情闲②，小隐灵岩沙汭③间。

为探梅花带香访，又携诗卷度春山。

【作者简介】

陈祖范（1675—1753），字亦韩，号见复，常熟人。雍正元年（1723）举人。这年秋天礼部会试中式，生病，没有参加殿试，后回到江南，闭门读书。几年后，雍正诏书天下，广开书院，好多大官争相延聘陈祖范去书院教书。先后主苏州紫阳书院、徐州云龙书院、扬州安定书院等。他教书有方，但教了一二年就辞职不干了。他说，学生读书都为了做官，考不中进士就说你书教得不好，师道难立。我不想做官，和他们同列，觉得很难为情。朝廷举荐经学通儒，陈祖范被列榜首。因年老，不就职，赐国子监司业。因此又称"陈司业"。著有《陈司业诗集》。

【注释】

① 选自《陈司业诗集》，沈归愚：沈德潜，号归愚。不值：未遇到，未碰上。值：碰到，遇上。如《游园不值》：游园未碰上开门。

② 夫君：称友人，朋友。这里指沈归愚、谢朓《和江丞北戍琅琊城诗》："夫君良自勉，岁暮忽淹留。"孟浩然《游精思观回王白云在后》："衡门犹未掩，伫立望夫君。"名噪：名声响亮，即名气很大。成语有"名噪一时"。

③ 灵岩：指灵岩山。沙汭：水中小沙洲。清蔡寅斗《坦坦碃》："沙汭聚闲鸥，塔影沉寒水。"

111

自紫阳书院归，朋好索然①，
感而有作（在乙卯秋）

[清] 陈祖范

郁郁楷树枝，旅翮②翔集之。

众鸟乍相识，颇亦慕其仪③。

岁晏还故林，桑梓相因依④。

伫立望俦侣⑤，俦侣何差池⑥？

各有稻粱谋⑦，天寒羽单微。

求友声嗷嗷⑧，曷由慰渴饥？

【作者简介】

见前。

【注释】

① 选自《陈司业诗集》卷三。索然：寂寞。

② 旅翮（hé）：迁飞的鸟。翮：鸟羽的茎状部分，中空透明，指鸟的翅膀。这里代指鸟。谢朓《拜中军记室辞隋王笺》："沧溟未运，波臣自荡；渤澥方春，旅翮先谢。"

③ 仪：礼节；仪式。

④ 因依：倚傍，依托。阮籍《咏怀》诗："回风吹四壁，寒鸟相因依。"

⑤ 俦侣：伴侣。嵇康《兄秀才公穆人军赠诗》："徘徊恋俦侣，慷慨高山陂。"

⑥ 差池：差错。韩愈《寄崔二十六立之》："每旬遗书我，竟岁无差池。"

⑦　稻粱谋：本指禽鸟寻觅食物，多用以此喻人谋求衣食。杜甫《同诸公登慈恩寺塔》："君看随阳雁，各有稻粱谋。"

⑧　嗷嗷：叫呼声，叫喊声。《楚辞·九叹·惜贤》："声嗷嗷以寂寥兮，顾仆夫之憔悴。"

【点评】

言在鸟而意在人，明写鸟而暗写人，曲笔而诗意盎然，较直言相劝而更有意味。

书院早起^①

［清］陈祖范

忽荷缁衣好^②，延来绛帐中^③。

饱听春夜雨，待拂座间风（原注：时生徒未集）。

楚国孙卿^④老，西河卜氏^⑤祟。

勉为知己住，未苦畜樊笼。

【作者简介】

见前。

【注释】

① 选自《陈司业诗集》。书院：指苏州紫阳书院，时作者在此任教。

② 忽：忽然，突然；荷：表示感谢。缁衣：古代用黑色帛做的朝服。《诗·郑风·缁衣》："缁衣之宜兮，敝予又改为兮。"毛传："缁，黑也，卿士听朝之正服也。"这里代指朝廷官员。缁衣后来也泛指黑色的衣服，如鲁迅的诗："吟罢低眉无写处，月光如水照缁衣。"

③ 延：邀请。绛帐：讲座或师长的美称。李商隐《过故崔兖海宅与崔明秀才话旧》："绛帐恩如昨，乌衣事莫寻。"龚自珍《己亥杂诗》之五六："孔壁微茫坠绪穷，笙歌绛帐启宗风。"首联是讲感谢朝廷命官的好，聘请我来书院教书。

④ 楚国孙卿：指战国时赵人荀况，学者尊之为荀卿。汉时避宣帝讳，改称孙卿。曾三为稷下祭酒，因谗去齐，适楚，为兰陵令，即家焉。著书数万言，死后葬于兰陵。门人有韩非、李斯。

⑤ 西河卜氏：指孔子弟子卜商，字子夏。孔子殁，商居西河教授。颈联运用荀况和卜商的典故，表明自己也想像他们一样专心教书，培养出更多的优秀学生。

尊经阁下曝书^①

[清] 陈祖范

学课

六经^②万古开群蒙，辅以传注^③义大通。

百家众说书蕴崇^④，徒费简策^⑤劳无功。

尊经之阁列学宫^⑥，譬如培塿^⑦仰华嵩^⑧。

博士诸生诵习同，半部治平^⑨存其中。

先生有道文亦工，闲居六月心虚冲^⑩。

再拜^⑪捧书铺帘栊，尘飞蠹走廓雾霿^⑫。

太阳当中^⑬光射红，先生曝书意无穷。

慨自圣伏邪说充，词赋帖墨欺儿童。

经籍虽存义梦梦^⑭，束置高阁迷西东。

而今昭昭对苍穹，一曝见晛^⑮蓓^⑯不丰。

驱回怪异无藏容，再曝字里流文虹^⑰。

荣光直上蟠虚空^⑱，三曝返照人心胸。

耿耿大义明而融，他年持献蓬莱宫^⑲，

天光下烛回重瞳^⑳。

【作者简介】

见前。

【注释】

① 选自《陈司业诗集》。

② 六经：指《诗》《书》《礼》《易》《乐》《春秋》的合称，始见于《庄子·天运篇》。这里泛指经书。

③ 传注：解释经籍的文字。传：注释或阐述经义的文字。刘勰《文心雕龙·论说》："释经则与传注参体，……传者转师，注者主解。"张舜徽《中国文献学》："解说古言使人容易通晓，而由这种工作写出的书，便是'传注'。"

④ 蕴崇：积聚，堆积。《左传·隐公六年》："为国家者，见恶，如农夫之务去草焉，芟夷蕴崇之。"杜预注：蕴，积也；崇，聚也。

⑤ 简策：在竹片和木板上书写文章，编连成册的书籍。泛指书籍。这是我国最早的正式书籍形式，盛行于春秋到东汉末年。削制成的狭长竹片或木片，统称为简，竹片称简，木片称札或牍。若干简编缀在一起的叫策（册），编简成策的绳子叫做编。简策上的字均用毛笔墨书，写错了就用小刀刮去，叫做"刊"或"削"，如"不刊之论"。

⑥ 学宫：指苏州府学，尊经阁在府学内。

⑦ 培（pǒu）塿（lǒu）：小土丘。《左传·襄公二十四年》："培塿无松柏。"

⑧ 华嵩：华山，嵩山。常用以比喻崇高或高大。

⑨ 半部：指赵普半部《论语》治天下。典出《宋史·赵普传》：赵普对太宗曰："臣有《语》一部，以半部佐太祖定天下，以半部佐陛下致太平。"治平：治国平天下。也指政治清明，社会安定。

⑩ 虚冲：虚静，淡泊。张华《壮士篇》："年时俯仰过，功名宜速崇。壮士怀愤激，安能守虚冲。"

⑪ 再拜：拜两次。再：两次。《孔雀东南飞》："府吏默无声，再拜还入户。"

⑫ 雰（fēn）霿（méng）：昏暗污浊的空气。

⑬ 当中：日当午时。

⑭ 梦梦（méng）：昏乱，不明。《诗·小雅·正月》："民今方殆，视天梦梦。"

⑮ 见晛（xiàn）：天晴日暖。《诗·小雅·角弓》："雨雪浮浮，见晛曰流。"

⑯ 蔀（bù）：覆盖在棚架上以遮蔽阳光的草席。《易·丰》："丰其蔀。"

⑰ 文虹：彩虹。《艺文类聚·阳春赋》："月霞横景，文虹竟天。"

⑱ 蟠：遍及；充满。虚空：天空；空中。《晋书·天文志上》："日月众星，自然浮生虚空之中，其行其止皆须气焉。"元稹《织妇词》："檐前袅袅游丝上，上有蜘蛛巧来往，羡他虫豸解缘天，能向虚空织罗网。"

⑲ 蓬莱宫，唐宫名。在陕西省西安市北龙首原上。原名大明宫，高宗时改为蓬莱宫。代指朝廷。杜甫《莫相疑行》："忆献三赋蓬莱宫，自怪一日声烜赫。"

⑳ 重瞳：指舜帝，传说他双瞳。代指像舜一样的圣明天子。

清明日南园晚步①

[清] 彭启丰

雨散烟生柳岸荒，钟声微度②近昏黄。

豪华如梦看朝露，佳景催诗送夕阳。

陌上曲残春半谢，楼头人去感尤长。

低徊同眺青山色，红艳空怜归路香。

【作者简介】

彭启丰（1701—1784），字翰文，号芝庭，又号香山老人，江苏长洲（今苏州）人，清代大臣、学者。雍正五年（1727）状元，官翰林院修撰。乾隆年间历官侍讲、左佥都御史、浙江学政、刑部侍郎、吏部侍郎、兵部尚书。为官四十年，以谨慎著称。为了奉养母亲，曾请求辞官；在家中辟园亭，植花竹，拥书万卷，乾隆帝曾赐匾额"慈竹春晖"。主讲于苏州紫阳书院，乾隆三十七年（1772）清廷开馆编纂《四库全书》，广征天下藏书家秘本，江苏省在紫阳书院设书局，分派官员登记造册，由他总理其事。其子亦献书于四库馆数种。所藏书印有"南圃""芝庭""蓬莱第一峰""经筵讲官"等。他工于书法，善于绘画，又能诗文，有《芝庭先生集》《芝庭诗文集》。

【注释】

① 选自《芝庭诗文集》。

② 微度：缓慢飘动的意思。出自张元干《贺新郎》："疏星淡月，断云微度。"

应制府高公聘主紫阳书院四首^①

[清]彭启丰

一

英才自昔萃吴中，舍宅培基溯范公。
后乐先忧贻典则，岁寒阁里仰松风。

二

宸^②罕曾经莅学堂，天章五字^③仰龙光。
频年翘秀^④连茹^⑤拔，好贡明廷作栋梁。

三

济济章缝^⑥雁字排，未堪模范愧扪怀。
紫阳特阐同安训^⑦，名利偏教素志乖^⑧。

四

壮岁文章浪得名^⑨，而今衰白^⑩愧儒生。
先人志矩遗图在^⑪，愿与诸君问法程^⑫。

【**作者简介**】

见前。

【注释】

① 选自《芝庭诗文集》。制府：宋代的安抚使、制置使，明清两代的总督，均尊称为"制府"。高公这里指高晋。

② 宸：屋宇，深邃的房屋。后借指帝王所居，又引申帝王的代称。这句话是讲乾隆皇帝曾经罕见地光临紫阳书院。

③ 天章五字：天章，指帝王的诗文。乾隆六下江南，六次为紫阳书院题诗。五字：指乾隆帝称沈德潜为"江南老名士"五个字。

④ 翘秀：杰出人才，出类拔萃。葛洪《抱朴子·勖学》："陶冶庶类，匠成翘秀。"

⑤ 连茹：表示接连不断。语本《易·泰》："拔茅茹以其汇，征吉。"王弼注："茅之为物，拔其根而相牵引者也。茹，相牵引之貌也。"后因以表示擢用一人而连带起用其他人。

⑥ 章缝："章甫缝掖"的省说，指儒者或儒家学说。《礼记·儒行》："丘少居鲁，衣缝掖之衣；长居宋，冠章甫之冠。"明高启《送吕山人入道序》："岂非干戈之际，武夫得志，章甫缝掖之流，不为时之所喜？"亦省作"章缝""章逢"。清钱谦益《跋憨山大师〈大学纲领决疑〉》："大师居曹溪，章逢之士多负笈问道。"清顾炎武《谒夫子庙》："俎豆传千叶，章逢被九州。"

⑦ 紫阳特阐同安训：朱熹曾在泉州同安县任主簿兼主县学五年。即绍兴二十三年秋七月至绍兴二十七年十二月。在此期间的思想应与他在白鹿洞书院制定的教规《朱子教条》相一致，即强调纲常礼教，以及学问思辨，指出了修身、处事、做人的原则。他以"理"作为新儒学的思想体系，将纲常礼教具体化，表述为：父子有亲，君臣有义，夫妇有别，长幼有序，朋友有信等。这些朱熹理学的精髓可以看出他延续了孔孟儒学的传统。

⑧ 名利思想让自己的行为违背了向来怀有的志向。素志：向来怀有的志愿。乖：违反，背离。

⑨ 浪得名：也称浪得虚名，指空有他人的赞誉却无真实本领。

⑩ 衰白：谓人老体衰鬓发疏落花白。语本三国魏嵇康《养生论》："至于措身失理，亡之于微，积微成损，积损成衰，从衰得白，从白得老，从老得终，闷若无端。"

⑪ 作者原注：先曾祖年七十绘《志矩斋读书图》。

⑫ 法程：法则，程式。《吕氏春秋·慎行》："为义者则不然，始而相与，久而相信，卒而相亲，后世以为法程。"贾谊《治安策》："立经陈纪，轻重同得，后可以为万世法程。"

冬夜宿紫阳书院，偶成三首①

［清］彭启丰

一

岁宴阳初复，宵深漏转长②。
虚窗逗明月，碧瓦积寒霜。
稍理残书帙，频添烬烛光。
希贤③犹未逮，鼓箧④愧升堂。

二

行役⑤多劳瘁，流光逐逝波。
观空无障碍，闻道尚蹉跎。
静侣偕吟咏，幽人访涧阿⑥。
沧浪亭馆闭，时听濯缨歌。

三

圣世多耆寿⑦，吾衰乐隐居。
前溪堪把钓，故宅好悬车⑧。
邻巷停游骑，京华少报书。
岁丰看载获⑨，携杖乐如何？

【作者简介】

见前。

122

【注释】

① 选自《芝庭诗文集》。

② 岁宴：岁末。阳初复：古人认为，冬至之日，一阳复始。从这天起，阳气开始升腾，春天悄悄萌芽。其实，如果从现象分辨，冬至才是隆冬的起点，那么，古人为何说冬至后，春天就来了？这就是传统文化的智慧和魅力。古代先贤看待问题，不像西方丁是丁、卯是卯，而是高瞻远瞩、整体全面。将春天的范围扩先至冬至起算，也是在最冷的时节给人们以最暖的希望。漏转长：因冬季日短夜长，到冬至是一年之中夜最长的一天。漏：古时计时器，引申为时间。

③ 希贤：谓仰慕贤者，愿与之齐等。周敦颐《通书·志学》："圣希天，贤希圣，士希贤。"

④ 鼓箧（qiè）：即击鼓开箧，古时入学的一种仪式。借指负箧求学。

⑤ 行役：因公务而跋涉在外。《诗·魏风·涉岵》："嗟，予子行役，夙夜无已。"

⑥ 静侣：指退居林下的同伴。白居易《梦得相过援琴命酒因弹秋思偶咏所怀兼寄继之待价二相府》："闲居静侣偶相招，小饮初酣琴欲调。"幽人：幽隐之人，隐士。涧阿：山涧弯曲处。元好问《除夜》："一灯明暗夜如何，寐梦衡门在涧阿。"

⑦ 耆（qí）寿：高寿。

⑧ 悬车：古人七十辞官家居，废车不用，故曰悬车。七十岁则为悬车之年。出自《晋书·刘毅传》："昔郑武公年过八十，入为周司徒，虽过悬车之年，必有可用。"唐代许浑《贺少师相公致政》诗序："少师相公未及悬车之年，二表乞罢将相。"

⑨ 载获：收获的庄稼。

紫阳书院题句

[清]爱新觉罗·弘历

　　沈德潜主紫阳书院，为乞额^①，因颜^②之曰"白鹿遗规"^③，并成是什^④。

椷朴^⑤重育贤，菁莪^⑥廑^⑦即俊。

矧^⑧兹文雅都，造士方应慎。

书院号紫阳，义盖由慕蔺^⑨。

德潜纵悬车^⑩，乡教^⑪犹能振。

乞我四字额，更无他语训。

白鹿有芳规，气贵消鄙吝。

学非养贫地，贫乃士之分。

学复不重华，华乃实之衅^⑫。

功或亏一篑，山弗成九仞。

诗虽夙所耽，不足示后进。

努力崇实修^⑬，佐我休明^⑭运。

【作者简介】

　　清高宗爱新觉罗·弘历（1711—1799），清朝第六位皇帝，别署长春居士、信天主人，晚号古稀天子、十全老人。年号"乾隆"，寓意"天道昌隆"。在位六十年，禅位后训政三年，实际行使最高权力长达六十三年零四个月，是中国历史上实际执掌国家最高权力最久的皇帝，也是最长寿的皇帝。他在位期间清朝达到了康乾盛世以来的最高峰，他在康熙、雍正两朝文治武功的基础上，进一步完成了多民族国家的统一，社会经济文化有了进一步发展。嘉庆元年（1796）正月初一，弘历禅位于第十五子颙琰。嘉庆四年正月初三于养心殿去世，享年八十九岁。庙号高宗，谥号法天隆运至诚先觉体元立极敷文奋武钦明孝慈神圣纯皇帝，葬于清东陵之裕陵。

乾隆曾于十六年、二十二年、二十七年、三十年、四十五年、四十九年六下江南，这是清代的历史大事。他六下江南每次都临幸苏州府紫阳书院，且每次都留下诗篇，计六首，这与当时主掌苏州府紫阳书院的山长沈德潜有密不可分的关系。沈德潜是很受乾隆信任和尊敬的大臣，因此沈德潜邀请乾隆临幸并题额都得以实现。前四次临幸题诗都对沈德潜称颂有加，后两次临幸已是沈德潜卷入徐述夔案遭罢祠夺官之后了，所以后面两次的题诗极力痛骂沈德潜，并反思自己识人不当。

【注释】

① 额：悬于门上方的牌匾。现有"匾额"一词。

② 颜：即额。此处作动词"题写"。

③ 白鹿遗规：指朱熹讲学的遗风，亦指朱熹手订的《白鹿洞书院揭示》。白鹿洞在江西庐山五老峰下，唐人李渤（772—831）与兄李涉隐居读书于此，养一白鹿，因名。五代南唐升元中在此建学馆。宋咸平五年置书院，后废。南宋朱熹知南康军，重建修复，为讲学之所，成为宋代著名书院。

④ 什：篇什。《诗经》中"大雅""小雅""周颂"每十篇诗编为一卷，叫"什"。后来用以泛指诗篇。

⑤ 棫（yù）朴（pǔ）：《诗·大雅》中的篇名。该篇诗序称是咏"文王能官人也"，故多以喻贤材众多。"芃芃棫朴，薪之槱之"，毛传："山木茂盛，万民得而薪之；贤人众多，国家得用蕃兴。"

⑥ 菁（jīng）莪（é）：《诗·小雅》中《菁菁者莪》篇名的简称。《诗·小雅·菁菁者莪序》："菁菁者莪，乐育材也，君子能长育人材，

则天下喜乐之矣。"后因以"菁莪"指育材。

⑦ 廑（qín）：同"勤"，勤劳，殷勤。

⑧ 矧（shěn）：况，况且。

⑨ 慕蔺：语出《史记·司马相如列传》："司马相如者，蜀郡成都人也，字长卿。少年好读书，学击剑，故其亲名之曰犬子。相如既学，慕蔺相如之为人，更名相如。"后遂用为倾慕名人贤人之典。李白《赠饶阳张司户燧》："慕蔺岂曩古，攀嵇是当年。"

⑩ 悬车：古人年七十辞官家居，废车不用，故曰悬车。

⑪ 乡教：犹乡学、乡校。地方所办学校。《礼记·学记》："古之教者家有塾，党有庠，术有序，国有学。"术，通"遂"，古代行政区划名称。

⑫ 衅：嫌隙，争端。

⑬ 实修：佛教用语，如实修行。

⑭ 休明：美好清明。《左传·宣公三年》："楚子问鼎之大小轻重焉。对曰：'在德不在鼎……德之休明，虽小，重也；其奸回昏乱，虽大，轻也。'"李白《豫章行》："本为休明人，斩虏素不闲。"也用以赞美明君或盛世。

【翻译】

沈德潜主持紫阳书院，为书院向我求一匾额，于是我题了"白鹿遗规"四字，并写成了这首诗。

国家兴盛重在培育贤俊，人才辈出育才必须勤奋。

何况这是人文荟萃之地，造就贤良必须更加谨慎。

此处书院取名唤作紫阳，想必是浸染朱学的余韵。

德潜先生虽已告老辞官，主持乡校一定能够振兴。

为了书院向我索题匾额，四字之外我再别无所训。

白鹿书院有前贤的遗规，值得效法务必消除鄙吝。

学校不是谋取钱财之地，贫穷乃是读书人的本分。

学校又不宜去追求虚华，虚华是踏实质朴的利刃。

功绩有时因虚华而亏簧，高山因虚华而难以九仞。
诗经虽然平素萦绕我心，但还不足以能昭示后进。
努力推崇自我如实修行，辅助大清美好清明幸运。

过紫阳书院旧作叠韵①

[清] 爱新觉罗·弘历

书院邻泮宫②，讲学兴贤俊。

斯唯储材地，董率③尤当慎。

潜老鸿章继，相让如廉蔺。

章④更闽中人，紫阳道应振。

理性无奇言，躬行敦至⑤训。

人已审所为，改过要不吝。

去华以就实，素位⑥唯守分。

克己苟弗力，外染将乘衅⑦。

适⑧因礼至圣，宫墙⑨仰数仞。

过兹接诸生，为诵勖新进。

暇当付剡藤⑩，挥毫意以运。

【作者简介】

见前。

【注释】

① 叠韵：格律诗术语，即赋诗重用前韵。若多次别人诗韵也称"叠"，如钱谦益《后秋兴十三叠》。类似术语还有："依韵"，按照他人诗歌的韵部作诗，韵脚用字只要求与原诗同韵而不必同字；"用韵"，指与原作韵脚字相同，但先后次序有变化；"次韵"，也叫步韵，指与原作韵脚字不但相同，且次序也不变。

② 泮宫：是指古代的国家高等学校。出自《礼记·王制》："大学在郊，

天子曰辟雍，诸侯曰泮宫。"

③ 董率：亦作"董帅"。统率，领导。《三国志·吴志·陆凯传》："祎体质方刚，器干疆固，董率之才，鲁肃不过。"董：监督管理。

④ 章：指沈德潜的后继掌院者廖鸿章。字羽明，号南崖，福建省永定县坎市镇青坑村人。曾任江苏吴县知县。后经沈德潜推荐，出任苏州紫阳书院掌教。

⑤ 敦至：深厚周到。《后汉书·郑均传》："均好义笃实，养寡嫂孤儿，恩礼敦至。"

⑥ 素位：现在所处之地位。语出《礼记·中庸》："君子素其位而行，不愿乎其外。"孔颖达疏："素，乡也。乡其所居之位而行其所行之事，不愿行在位外之事。"

⑦ 乘衅：利用机会，趁机钻空子。《三国志·魏志·臧洪传》："汉室不幸，皇纲失统，贼臣董卓乘衅纵害。"

⑧ 适：往，归向。

⑨ 宫墙：源见"夫子墙"。喻称高尚的道德和高超的学问。清代袁枚《再赠中丞》诗："贱子仰宫墙，六年不敢窥。"

⑩ 剡藤：剡溪出产的藤可以造纸，负有盛名，后因称名纸为剡藤。唐代李肇《唐国史补》卷下："纸则有越之剡藤苔笺。"

【翻译】

　　紫阳书院紧靠学宫附近，讲学目的在于培养贤俊。

　　这里是储备人才的宝地，监督管理尤要小心谨慎。

　　沈老掌教职位鸿章承继，品质谦逊堪比昔日廉蔺。

　　新任掌教鸿章才如箭镞，朱子理学定能绵延振兴。

　　世间真理无须巧言奇语，亲自行动深厚周到诚训。

　　人要日省审视自己言行，改过趋正务必不要惜吝。

　　去掉浮华追求质朴踏实，身处其位定要坚守本分。

　　要求自己如果不够严厉，外来病菌就会趁机入侵。

来书院是为了祭拜至圣，仰望其高尚的道德学问。

拜访这里接见各位生员，写诗则是为了勉励新进。

闲暇之时应当拿起纸笔，挥毫行文表达自己心意。

附：廖鸿章步原韵恭和

幸学礼先师，瞻天率群俊。

衿佩来彬彬，拜服同恪慎。

恩光照葵藿，薄植惭莞蔺。

正学师紫阳，勖以前修振。

微臣纵孱弱，敢勿祗明训。

鹿洞有遗规，敦行去疵吝。

煌煌御书额，学古贵循分。

自炫与自媒，一失丛百衅。

兹当共讲习，美富窥数仞。

先后读赐诗，谆复励后进。

愿言日切磋，上应文明运。

【注】皇帝赐诗赞誉，时人视为殊荣，后来廖鸿章的后裔在迁徙地嘉定县建有"赐诗亭"以作纪念。

过紫阳书院示储生

[清] 爱新觉罗·弘历

士唯首四民^①，名在副其真。

道重继濂洛^②，地宁拘歙闽^③?

研精味经训^④，晰理守彝伦^⑤。

莫漫虚车饰^⑥，吾方企^⑦化淳。

【作者简介】

见前。

【注释】

① 四民：古代指士、农、工、商。《谷梁传·成公元年》："古者有四民：有士民、有商民、有农民、有工民。"除四大公民外，还有大量的"贱民"，称为"贱籍"阶层。"四民"的次序历代有所不同。但是由于大型商贾比较富有，普通秀才往往贫困，民间的实际身份高低往往由权利与钱财的多少决定，而不是身份。

② 濂洛：指濂溪的周敦颐和洛阳的程颢、程颐兄弟，都是宋代理学的代表人物。理学往往以"程朱"冠之。

③ 地：表示思想或行动的某种活动领域。宁：岂，难道。拘：拘泥，限制。歙闽：指戴震和朱熹。戴震是歙州人，朱熹生于福建延平，福建简称"闽"。

④ 经训：经籍义理的解说。蔡邕《上封事陈政要七事》："诸生竞利，作者鼎沸，其高者颇引经训风喻之言，下则连偶俗语，有类俳优。"《后汉书·郑玄传论》："王父豫章君（范宁）每考先儒经训，而长于玄，常以为仲尼之门不能过也。"

⑤ 彝伦：常理，常道。蔡沉集传："彝，常也；伦，理也。"

⑥ 莫漫虚车饰：漫，莫。虚车，没载东西的车。《管子问》："虚车勿索，徒负勿入，以来远人。"饰，装饰，《周子通书》"文所以载道也。轮辕饰而人弗庸，徒饰也，况虚车乎"。意思是说要摒弃浮华，追求实在。

⑦ 企：盼望。

【翻译】

士人地位冠四民，名副其实方为真。

重道继承周和程，学派岂分歙与闽？

精研细品经籍意，析理论道守常伦。

不要追求浮而虚，我正盼望风俗淳。

过紫阳书院

[清] 爱新觉罗·弘历

书院泮宫后，菁莪①藉地灵。
学优乃从政，身致②在明经。
群秀其无忝③，老人尚有星④。
明知难步履，卧理足仪型。⑤

【作者简介】

见前。

【注释】

① 菁莪：见《紫阳书院题句》注释⑥。

② 身致：即致身。《论语·学而》："事父母能竭其力，事君能致其身，与朋友交言而有信。"原谓献身，后用作出仕之典。杜甫《乾元中寓居同谷县作歌》之七："长安卿相多少年，富贵应须致身早。"

③ 忝：愧。常用作谦辞。

④ 星：寿星，这里指沈德潜，此年九十三岁。

⑤ 卧理，犹卧治。《南史·刘善明传》："淮南近畿，国之形胜，非亲贤不居，卿与我卧理之。"范仲淹《祭韩少傅文》："偃息近藩，旨酒盈樽，可以卧理，不废清言。"仪型：同"仪刑"，做楷模，做典范。《元典章·礼部三·祭祀》："已上系自古忠义直烈，仪型后世，赞扬风化者，故历代载于祀典。"曾国藩《送唐先生南归序》："考乎其从游之徒，则践规蹈矩，仪型乡国。"

【翻译】

紫阳书院地处泮宫之后，培育英才凭借此地秀灵。

学习优秀方能从政治国，献身国家必须通理明经。

群贤出仕名副其实无愧，德潜年高实是老人寿星。

明知讲经育才步履艰难，躺卧履职仍做模范典型。

【点评】

乾隆曾于十六年、二十二年、二十七年、三十年、四十五年、四十九年六下江南，这是清代的历史大事。他六下江南每次都临幸苏州府紫阳书院，且每次都留下诗篇，计六首。这与当时主掌苏州府紫阳书院的山长沈德潜是分不开的。六首诗中有五首提到他。当初沈德潜是很受乾隆信任和尊敬的大臣，因此沈德潜邀请乾隆临幸并题额都得以实现。所选这四首诗都强调了教育的重要性，对教育内容、教育目的、培养标准提出了明确要求，并对紫阳书院寄予厚望。这其中有三首直接点名称颂沈德潜。后来因沈德潜卷入徐述夔案遭罢祠夺官，所以后面两次的题诗极力痛骂沈德潜，并反思自己识人不当。这两首诗内容如下——

过紫阳书院

书院以明学，亦欲真材铸。况名曰紫阳，晦翁教应溯。

宁徒词藻贵，甚之情面付。德潜昔掌此，或尚工章句。

而其实行卑，没后乃败露。则我向所誉，亦失假借处。

知人信难哉，于予改是惧。

乾隆四十五年（1780）

【翻译】

书院旨在明学理，也想造就真才俊。况且院名号紫阳，朱子经义务追溯。

岂能只以词藻贵，重于品行和情面。德潜昔日掌紫阳，或许崇尚工词句。

而他行为实卑劣，直到死后才暴露。向来对他所赞誉，全都失去其依据。

了解一人确实难，于沈身上得戒惧。

过紫阳书院口号

院长应延学行淳，德潜竟以假乱真。

于予改是宣尼语，昔实失之未识人。

乾隆四十九年（1784）

【翻译】

院长选聘掌教应学厚德淳，德潜公然欺骗竟以假乱真。

因宰予而改变观点是孔子的话，过去我的过失其实是未能识人。

【点评】

乾隆的诗理性有余感性不足；说理有余情感不足；教化有余感人不足；板滞有余灵性不足，而且又因为喜欢吊书袋子，所以他的诗往往拒人于千里之外，这就是他四万多首诗而鲜有脍炙人口的好诗的原因。

闻沈德潜故，诗以志惜

[清] 爱新觉罗·弘历

平生德弗①愧潜修②，晚遇③原承恩顾④稠。

寿纵未能臻⑤百岁，诗当不朽照千秋。

饰终⑥宣命加优典⑦，论定⑧应知有独留。

吴下别来刚四载⑨，怅然因以忆从头。

【作者简介】

见前。

【注释】

① 德弗：即"潜德弗耀"的缩写，意思是默默地循良循德不到处夸耀。

② 潜修：专心修养，深造。

③ 晚遇：晚年显达。沈德潜六十七岁才中进士，并博得乾隆喜爱，称其为"江南老名士"。李白《效古》之一："早达胜晚遇，羞比垂钓翁。"白居易《曲江感秋》："晚遇何足言，白发映朱绶。"清陈廷焯《白雨斋词话》卷一："静中生动，妙合天机，亦先生晚遇之兆。"

④ 恩顾：谓尊长所给予的关心照顾。《旧唐书·萧嵩传》："露布至，帝大悦，授嵩同中书门下三品，又官一子，恩顾第一。"

⑤ 臻：到，达到（美好的境地）。《说文》："臻，至也。"

⑥ 饰终：谓人死时给予尊荣。《荀子·礼论》："送死，饰终也。"陆游《王成之给事挽歌辞》："赠极文昌贵，君恩厚饰终。"

⑦ 优典：隆重的典礼。

⑧ 论定：对一个人一生的功过是非作出结论。

⑨ 该句指乾隆第四次来紫阳书院并题诗是乾隆三十年（1765），沈德潜是 1769 年病逝，距离两人最后一次见面正好四年。

【翻译】

平生道德深厚不炫耀源于潜心锤炼勤修，晚年显达原本因为承受皇恩多稠。寿命纵然未能达到百岁，但是诗作当永垂不朽照耀千秋。死后诏命给予尊荣并举行高规格典礼，论定功过是非应知道唯独你可享有。从苏州分别回来刚刚四载，惆怅之情使我想起往事回忆从头。

【点评】

对沈德潜德行和诗艺不吝赞美；死后所给予的尊荣超乎寻常；惆怅悲伤之情溢于言表：这一切充分体现了两人的深厚情谊。得到皇帝如此厚爱难得也。

三元诗①

[清] 爱新觉罗·弘历

龙虎传胪唱②，太和③晓日敦。

国朝经百载，春榜④得三元！

文运风云壮，清时⑤礼乐蕃。

载咨申四义⑥，敷奏⑦近千言。

诅止⑧求端楷⑨，所期进说论⑩。

王曾如何继，违弼⑪我心存。

【作者简介】

见前。

【注释】

① 这首诗是乾隆听说钱棨连中三元后写的一首贺诗。"三元"即解元、会元和状元的合称。三者分别指明清时代科举考试的乡试、会试和殿试的第一名。明代也以殿试的前三名分别为状元、榜眼、探花。钱棨（qǐ）（1734—1799），原名起，后因避唐代诗人钱起同名，遂改为钱棨。苏州历来状元众多，像钱棨这样连中三元的自隋朝开科举以来全国仅有十四人。钱棨的曾祖父中过进士，授官翰林院编修。当时，江苏巡抚汤斌曾亲笔题写"奎壁凝辉"匾额高悬在钱家府第大门之上。祖父和父亲都没有考取过功名，经了商，但也都是爱读书的文化人。钱棨家境富裕，受家庭的熏陶，带着父辈的希望，他自小就跟着老师苦读八股文，熟读儒家经典，一心想求得功名，常常念书到深夜。可惜他天资并不聪颖，曾多次参加童试，但都落榜。一直到1757年参加县试，得了县试第一，又经过了五年，在1762年府试中又考了

第一。再经过四年努力，于1766年的院试中，三十二岁的钱棨再次考得院试第一，终于成为一名秀才。这三个第一，也为他赢得了"小三元"的称号。从这三次考试历经的时间跨度来说，钱棨并不像其他少年成名的状元一样天资聪颖，他肯定付出了比常人加倍的努力。接下来的十一年，钱棨参加了五场乡试，结果均名落孙山。地方志记载说他毫不气馁，坚持不懈地一次次应考，屡败屡战。终于在他四十五岁时（1779），第六次步入了江宁贡院参加乡试时，幸运得中第一名解元。相传，主考官谢墉阅卷至深夜，不知不觉趴在案几上睡着了，梦里，有一位老神仙送他一支巨笔，笔上刻有"经天纬地"四个字。等他梦醒，抬眼便是钱棨的考卷。谢墉觉得这是神的授意，便把第一名解元给了钱棨。副主考官翁方纲非常赏识钱棨的文章，也有人说是他的极力举荐。这一时期的钱棨顺风顺水，得到了命运的青睐。两年后进京会试，又得第一会元。紧接着在同年殿试中，又摘得状元桂冠，成为清代第一位连中三元的状元，也成为了中国科举史上难能可贵的夺得六个第一的状元。科举史上，一共有两人考过六个第一，另一个为安徽人黄观。据传，当年殿试过后，前十名的卷子摆在了年已古稀的乾隆面前，当时，钱棨录在第十名。有人提示说，钱棨是乡试会试的榜首，如果再得中状元，就是连中三元。清朝自开国始，还没有一个"三元"。乾隆虽年满七旬，依然十分健壮，像他这般高寿健康的天子自古十分罕见，他自称"古稀老人"。为了恭贺寿辰，他特地举办了这届"恩科"。如果这次再出一个三元，正好应景百年不遇的盛世！乾隆再看钱棨的文章，更是满心欢喜，于是御笔一挥，状元落在了钱棨头上，并亲自作《御制三元诗》庆贺钱三元的出现。钱棨是苏州历史上唯一的一位"三元"。当年，苏州府及长、元、吴三县的地方官在府学东为他建造了一座高大的牌楼"三元坊"，并将乾隆御诗勒石于府学中，诗碑上还有乾隆皇帝的跋。如今"三元坊"虽不复存在，但作为人民路上的一个地名则永标史册。"御诗"碑拓片还保存在苏州中学校史馆内。

　②龙虎：这里指考中进士的人。胪唱：科举时代，进士殿试后，

皇帝召见，按甲第唱名传呼，称胪唱。其制始于宋时。

③ 太和：指太和殿（俗称金銮殿）。殿试后"传胪"即在太和殿举行。

④ 春榜：科举时代进士考试的榜单，因于春季发布，故称为"春榜"。

⑤ 清时：指清平之时、太平盛世。

⑥ 四义：四种义行。所指不一。《管子·幼官》："八会诸侯，令曰：立四义而毋议者，尚之于公玄官，听于三公。"尹知章注："四义者，谓无障谷，无贮粟，无易树子，无以妾为妻。"《淮南子·兵略训》："将者必有三隧四义五行十守……所谓四义者，便国不负兵，为主不腐顾身，见难不畏死，决疑不辟罪。"

⑦ 敷奏：陈奏，向君上报告。《书·舜典》："敷奏以言，明试以功，车服以庸。"孔传："敷，陈；奏，进也。"

⑧ 讵（jù）止：岂止。

⑨ 端楷：端正的楷体字。

⑩ 谠（dǎng）论：指正直之言，直言。出自欧阳修《为君难论》："忠言谠论，皆沮屈而去。"

⑪ 违弼：即弼违，语出《书·益稷》："予违，汝弼。"孔传："我违道，汝当以义辅正我。"后因称纠正过失为弼违。

书院古柏^①

［清］冯　培

拔地虬^②龙干，参天铁石枝。

如何标正直，犹是赖扶持^③。

老阅风霜变，空难梁栋施^④。

莫夸桃李盛，劲节仰吾师。

【作者简介】

　　冯培，清代浙江仁和人，字仁寓，一字玉圃，号实庵。乾隆四十三年进士，历官户科给事中。归后掌教苏州紫阳书院。晚好《易》，自号读易翁。有《岳庙志略》《鹤半巢诗存》。

【注释】

　　① 选自《鹤半巢诗存》。古柏：现位于道山顶部，道山亭之东北角。是苏州中学校园现存最古老的一棵树。

　　② 虬：拳曲。

　　③ 原注：树身用木撑住。

　　④ 空难梁栋施：因年老树干中空已难做栋梁之才。

登道山亭①

［清］钱　辰

纵览城中秀，登临只此间。

片间能契道②，卷石可成山。

地僻林俱静，天高鸟自闲。

南园凭眺久，胸次③豁尘寰。

【作者简介】

钱辰，字秋潭，号龠翁，吴县籍金匮人。诸生，候选训导。有《龠翁诗钞》。

【注释】

① 选自《晚晴簃诗汇》一五一卷。

② 契道：投合、契合道义。

③ 胸次：胸间，亦指胸怀。《庄子·田子方》："行小变而不失其大常也，喜怒哀乐不入于胸次。"黄庭坚《题高君正适轩》："豁然开胸次，风至独披襟。"

晚秋登道山亭①

[清] 石韫玉

苍苍山日落，拾级上危亭②。

初月林梢白，秋天雁外③青。

曾闻贤执政④，于此读遗经。

千载登临客，临风跂典型⑤。

【作者简介】

石韫玉（1756—1837），字执如，号琢堂，又号花韵庵主人，亦称独学老人，江苏吴县人。清朝诗人、藏书家，著录家藏一千两百余种。他年十八，补吴县举博士弟子员。乾隆五十五年（1790）中一甲一名进士，授翰林院修撰。五十七年，任福建乡试正考官。旋视学湖南。历官四川重庆府知府，山东按察使。因事被劾革职，念旧劳赏编修。乃引疾归，主讲苏州紫阳书院二十余年。尝修《苏州府志》，为世所重。韫玉未第时，见淫词小说及一切得罪名教之书，辄拉杂烧之。家置一库，名曰孽海，收毁几万卷。一日阅《四朝闻见录》，有劾朱文公疏，忽拍案大怒，亟脱妇臂上钏质钱五十千，遍搜东南坊肆，得三百四十余部，尽付一炬。

个人作品著有《独学庐诗文集》《晚香楼集》《花韵庵诗余》及《花间九奏乐府》。石韫玉于嘉庆二十年（1815）十月编成《船山诗草》二十卷及《船山诗草选》，刊行吴中。石韫玉《刻〈船山诗草〉成书后》云："文园遗稿叹丛残，手为删存次第刊。名世半千知己少，寓言十九解人难。留侯慕道辞官早，贾岛能诗当佛看。料理一编亲告奠，百年心事此时完。"穿越生死之友谊，令人感动万分！《清代稿钞本》中收录有其《竹堂文类》钞本。2020 年 9 月，上海古籍出版社出版了石韫玉撰、王卫平主编的《独学庐全稿》。

【注释】

① 选自《独学庐全稿》，上海古籍出版社 2020 年 9 月出版。

② 危亭：耸立于高处的亭子。这里指道山亭。

③ 雁外：辽阔的天际。

④ 贤执政：指鄂尔泰（1677—1745），满洲镶蓝旗人，字毅庵，赐号襄勤。历仕康熙、雍正、乾隆三朝军机大臣、总理事务加太保。乾隆十年（1745）因病解职。雍正帝最为称许鄂尔泰、李卫、田文镜三位大臣，特别最器重、信任鄂尔泰，称之为"当代第一良臣"，甚至说："朕有时自信不如信鄂尔泰之专，事无大小必命鄂尔泰平章以闻。"

⑤ 跂（qǐ）典型：仰慕榜样。跂：抬起脚后跟站着。荀子《劝学》："吾尝跂而望矣，不如登高之博见也。"

和王簧山廉访紫阳书院即景示诸生诗韵^①

[清] 石韫玉

一

在莘临柏府^②，庶士^③望龙门。

善政师先哲，清谈息众喧。

鸿文亲示范，海墨自留痕。

此地纱笼壁，无尘字不昏。

二

德泽先春布^④，良辰近一阳。

草因风必偃^⑤，镜与月同光。

刑弼唐虞教^⑥，诗升李杜堂。

官如赵清献^⑦，夜夜自焚香。

【作者简介】

　　见前。

【注释】

　　① 选自《独学庐全稿》，上海古籍出版社 2020 年 9 月出版。王簧山：即王赓言，诸城人，字赛山，号玉堂。廉访：指察访。

　　② 柏府：御史府之别称，亦称柏台。

　　③ 庶士：众士。《书·毕命》："兹殷庶士，席宠唯旧。"孔传："此殷众士，居宠日久。"《诗·召南·摽有梅》："求我庶士，迨其吉兮。"

④ 该句出自《乐府诗集·长歌行》："阳春布德泽，万物生光辉。"春天把希望洒满了大地，万物都呈现一派繁荣的景象。

⑤ 偃：仰面倒下；放倒。

⑥ 刑弼：明刑弼教的略写，即用刑法晓喻民众，使大家都知法、畏法而守法，以达到教化所不能收到的效果。出自《尚书·大禹谟》："明于五刑，以弼五教，期于予治。"弼（bì）：辅助。唐虞：唐尧与虞舜的并称。亦指尧与舜的时代，古人以为太平盛世。《论语·泰伯》："唐虞之际，于斯为盛。"

⑦ 赵清献：赵廷臣，字君邻，汉镶黄旗人，贡生，曾任浙闽总督，谥"清献"。

簀山廉访再叠书院即景之作见示和答^①

［清］石韫玉

一

嘉石^②巡江国，清风著戟门^③。

山林方静寄，车马亦无喧。

枫绚霜前色，鸿留雪后痕^④。

读书兼读律，万卷伴晨昏。

二

芝兰叨结契^⑤，葵藿^⑥愿倾阳。

耕砚秋无税，燃藜^⑦夜有光。

英才方济济，岁月正堂堂^⑧。

环向南丰^⑨祝，长留一瓣香。

【作者简介】

见前。

【注释】

① 选自《独学庐全稿》，上海古籍出版社 2020 年 9 月出版。

② 嘉石：有纹理的石头，美石。

③ 戟门：立戟为门。古代帝王外出，在止宿处插戟为门。

④ 即雪泥鸿爪之意。见苏轼《和子由渑池怀旧诗》："人生到处知何似，应似飞鸿踏雪泥。泥上偶然留指爪，鸿飞那复计东西。"后用以

比喻往事遗留的痕迹。

　　⑤ 结契：结交相得，交谊深厚。冯梦龙《警世通言·俞伯牙摔琴谢知音》："下官碌碌风尘，得与高贤结契，实乃生平之万幸。"清代恽敬《与余铁香书》："讲习无专门之师，结契无高世之十。"

　　⑥ 葵藿：指葵与藿，均为菜名。也单指葵。因葵性向日，故古人多用以比喻下对上赤心趋向。

　　⑦ 燃藜：旧传用藜为燃料，可传火彻夜。后用以燃藜比喻勤学、夜读。刘克庄《灯夕》："蓬窗亦有精勤士，何必燃藜向石渠。"

　　⑧ 堂堂；悠远。

　　⑨ 南丰：曾巩，字子周，宋嘉祐进士，拜中书舍人。谥"文定"，学者称"南丰先生"。

郁林石（并序）①

［清］姚承绪

　　此石在府学。吴郡郁林太守陆绩②罢归，官廉无装，舟轻不能道海，取以为重，世称"廉石"。

> 客子静勿喧，听我歌廉石：
> 此石有缘起，乃是压舟物。
> 其高可数尺，顽重少奇崛。
> 方之几案供，彼文此何质？
> 方之袖中藏，彼灵此何拙？
> 不资玩好求，不著烟云迹。
> 块然偃路傍，弃掷复奚惜？
> 岂知航海时，镇此免覆溺。
> 薏苡漫生疑，明珠意不屑。
> 区区郁林装，清风良可挹。
> 千秋太守心，澄如玉壶澈。
> 以此励廉隅，以此重品节。
> 至今郡学中，士夫留表率！

【作者简介】

　　姚承绪，字缵宗，一字八愚。生于清嘉庆年间，嘉定人。博学能记，有《吴趋访古录》及《留耕堂诗集》十二卷。

【注释】

　　① 选自《留耕堂诗集》。郁林石《新唐书·隐逸传·陆龟蒙》："陆氏在姑苏，其门有巨石。远祖绩尝事吴，为郁林太守。罢归无装，舟轻不可越海，取石为重。人称其廉，号'郁林石'。世保其居云。"陆绩回到家乡后，邻里街坊都知道陆绩在外做了大官，看到他雇了一艘大船返乡，都以为会装满金银财宝，结果没有看到什么珍稀物件，却看到了一块普通的巨石。待了解了事情原委，大家对陆绩是赞叹有加。这块压舱巨石被陆绩取名"郁林石"，一直被收藏在陆绩旧居，"官无长物唯求石"也作为陆氏家训，代代相传。明弘治九年（1496）夏，当朝监察御史樊祉在姑苏城视察期间，被"郁林石"牵动了思绪。他自然了解"郁林石"的来历，还知道陆绩"怀橘遗亲"的孝母故事，所以当他得知几经变迁后陆绩的旧居已变为一片民居，"郁林石"也因年代久远而深陷泥土之中时，不免心生遗憾。作为监察御史，樊祉深知官场流弊，在他看来"郁林石"很有教育意义，任其埋没土中实在可惜。他对苏州知府史简说："先哲遗物，应该加以标识，这样可以教化后人。"当地官员很快就将此石移置城中察院场，建亭予以保护。樊祉又挥毫写下"廉石"两个大字，勒于石上，以彰其举，以昭其义。此后，这块"廉石"虽几经变迁，但一直得到历代有识之士的保护，如今被安放在苏州文庙。

　　② 陆绩（187—219），字公纪，天文学家，吴郡吴县（今苏州）人，汉末庐江太守陆康之子。陆绩成年后，博学多识，通晓天文、历算，星历算数无不涉览。孙权征其为奏曹掾，常以直道见惮。后出为郁林太守，加偏将军。在军中不废著作，曾作《浑天图》，注《易经》，撰写《太玄经注》。陆绩怀橘遗亲的故事家喻户晓，后列入《二十四孝》之一。故事是这样的：陆绩的父亲陆康在担任庐江太守时，与诸侯袁术有来往。陆绩六岁时，在九江面见袁术，袁术拿出橘子招待陆绩，陆绩却暗中收起三颗。当要离去时，陆绩拜辞袁术，但三颗橘子却从怀里滚落地上，袁术对他说："陆郎作宾客而怀橘乎？"陆绩跪下回答："欲归遗母。"袁术对此感到十分稀奇。

从父重游泮宫诗次韵（甲辰）

［清］潘遵祁

记踏丹梯[1]第一天，云霄接迹风鸾翩。
传家福泽征耆寿[2]，名世文章证夙缘[3]。
锁院冰衡归巨眼[4]，瀛洲玉树想吟肩[5]。
固知小着青衫日，早识科名压众仙[6]。
鸾旗小队庆同堂，有价文章荷校量。
旧事关情题画本[7]，虚名惭说续书香[8]。
春风走马仍联襼[9]，秋雨挑灯忆对床[10]。
最是调元[11]天益算，琼筵重叠被龙光[12]。

【作者简介】

潘遵祁（1808—1892），字觉夫，号西圃，吴县（今江苏苏州）人。清代书画家。道光二十五年（1845）进士，二十七年（1847）翰林，旋乞归，大部分时间居住于苏州西花桥巷的西圃，园中“泉石幽深，花木阴翳，墙头薜荔，幕青帷绿”（俞樾语）。他热心公益，捐田千亩，创办潘氏松麟义庄。他曾应聘主讲紫阳书院，前后二十余年。享山居之乐逾四十年，工画花卉，卒年八十五。著有《香雪草堂诗词》《西圃集》。

【注释】

① 丹梯：红色的台阶，喻仕进之路。谢灵运《拟魏太子邺中集诗阮瑀》：“躧步陵丹梯，并坐侍君子。”

② 原注：大父、叔祖重游泮宫。

③ 原注：从父县试，邑宰李公以"范文正天下为任"属对，即应声曰："韩昌使百世之师。"

④ 原注：入泮时，学使为谢金圃先生。后会试中式，谒先生于澄怀园。先生指谓人曰："此新科鼎甲也。"锁院：科举考试的措施之一，考生入试场后即封锁院门，以防作弊也借指科举考试。

⑤ 原注：癸丑同年，唯煦斋协揆与从父年最少。刘文清于稠人中目为"玉树两株"。吟肩：诗人的肩膀。因吟诗时耸动肩膀，故云。

⑥ 原注：府试时，太守胡公评卷首，以王沂公为比。

⑦ 原注：丙戌岁试，祁星场作，从父许以冠军。案发列第一，与莹甫两弟同补弟子员。尝绘《玉山秋眺图》，从父题句有"文章有价，老眼无花"之语。

⑧ 原注：大父重游泮宫诗，有"近续书香幸有人"之句。

⑨ 原注：今春，祁与莹甫两弟同应礼部试。联襟：衣袖，犹言联袂。

⑩ 原注：丙戌九月中，偕先大夫率祁兄弟同寓玉峰，聚首最乐，此景如在目前。

⑪ 调元：阴阳调和，执掌大政，多用以指为宰相。

⑫ 龙光：皇帝给予的恩宠。

重游泮宫述怀四律

〔清〕潘遵祁

一

三松堂下导鸾旗，幸续书香到此时①。
岁月自嗟为子短，科名只憾答亲迟。
青衿②若个储公辅，黄卷③平生愧友师。
回首年华真荏苒，后雕赢得岁寒姿。

二

微生三遇岁朝春，已是艰难历过人。
曾记烟云携岱顶④，只宜襏笠老湖滨。
支筇黄海成虚愿，筑室青山有旧邻。
食德⑤敢忘遗泽远，摩挲片玉仗家珍⑥。

三

人方强仕我归田，多病偏教社枥全。
东观图书虚涉猎，西堂风雨恨缠绵⑦。
清修报国唯三戒，素位传家有一编⑧。
但使胶庠⑨敦孝弟，敢论阀阅耀蝉联？

四

阳春煦物遍寰瀛，童冠偕来咏太平。

难得沙鸥犹结伴⑩，漫夸巢凤有清声⑪。

角弓束矢消群丑，鼓箧圜桥洽众情。

要语儿孙须念祖，莫从登进误初程⑫。

【作者简介】

见前。

【注释】

①原注："近续书香幸有人。"大父《重游泮宫》句也，时祁才八岁。

②青衿：青色交领的长衫，古代学子的常服。《诗·郑风·子衿》："青青子衿，悠悠我心。"

③黄卷：指书籍。葛洪《抱朴子·疾谬》："杂碎故事，盖是穷巷诸生，章句之士，吟咏而向枯简，匍匐以守黄卷者，所宜识。"

④原注：戊戌出都门，曾登日观峰。

⑤食德：享受先人的德泽。语本《易·讼》："六三，食旧德。"

⑥原注：高祖闲斋公自少至老，下帷攻苦，大小试二十余不利。至大父游庠，犹挚以乡试，时年六十七矣。故《三松堂集》中有"拂拭云松珍赐砚，寸田留与子孙耕"之句。

⑦原注：从弟星斋、弟补之同案游吴庠，先后弃世。

⑧原注：大父有《居易金箴》二卷，刊行家塾。

⑨胶庠：周代学校名。大学为胶，小学为庠。后统称学校为"胶庠"。

⑩原注：长洲蒋心香水部，七十七；元和朱薇卿微君，七十九；同邑蒋斗眉广文，八十七，皆丙戌同案。

⑪原注：孙志晖倅入吴庠。

⑫原注：康熙丙午，世祖其蔚公以秀才起家，至大父乃开甲科，

154

祁于同治己巳重辑家谱。"登进录"中入泮宫者九十五人，唯高伯祖默庵公，曾伯祖尔容公，大父三松公，叔祖云浦公，礼园公，从父文恭公皆获重游。前年大儿观保乞归省视，谕令再修。核至今年岁案，又增二十一人，而祁以适届丙戌甲子一周。继此佳话，良深惭幸。

余主紫阳讲席十七年矣。甲戌陆凤石润庠^①得状元，今邹咏春福保^②得榜眼。里人^③荣之，诗以志愧。

[清]潘遵祁

旧说吴中文史盛，冬烘^④自笑但咿哦^⑤。
人言似壮皋比^⑥色，十二年来两大科。

【作者简介】

见前。

【注释】

① 陆凤石润庠：陆润庠（1841—1915），字凤石，号云洒、固叟，元和（今江苏苏州）人。就读于苏州紫阳书院，同治十三年（1874）状元，历任国子监祭酒、山东学政。以母疾归苏州，总办苏州商务。光绪庚子（1900）八国联军入侵，慈禧太后西行途中，代言草制。后任工部尚书、吏部尚书，官至太保、东阁大学士、体仁阁大学士。宣统三年（1911）皇族内阁成立时，任弼德院院长。辛亥后，留清宫，任溥仪老师。民国四年卒，赠太子太傅，谥文端。

② 邹福保（1852—1915），字咏春，号芸巢。江苏元和（今属苏州）人。晚清翰林。光绪十二年（1886）丙戌科榜眼，授翰林院编修，官至侍讲，充顺天乡试同考官。光绪三十三年（1907）引疾还乡，任江苏师范学堂监督。后曾执教于苏州紫阳书院、存古学堂。民国四年（1915）卒。

③ 里人：同里的人，同乡。

④ 冬烘：迂腐，浅陋。含讽刺意。范成大《冬日田园杂兴》之十：

"长官头脑冬烘甚，乞汝青钱买酒回。"金代王良臣《送任李二生赴举》："主司不是冬烘物，五色迷人莫浪忧。"

　　⑤ 咿哦：象声词，一作"咿唔"，多形容吟诵声。

　　⑥ 皋比：虎皮。古人坐虎皮讲学，后因以指讲席。鲁迅《集外集拾遗·怀旧》："而仰圣先生一家，独不殉难而亡，亦未从贼而死，绵绵至今，犹巍然拥皋比为予顽弟子讲'七十而从心所欲不逾矩'。"

移居紫阳书院作

[清] 俞樾

其一

旧游过眼总云烟，又向吴中借一廛①。
韩愈偶成《进学解》②,屈原聊赋《卜居》③篇。
高登坛坫④虽非分，暂寄琴书⑤亦是缘。
输与兴公清福好，好山刚对讲堂前⑥。

其二

昔年曾此公壶觞⑦，三十年来半已忘。
忽向雪泥⑧重闻讯，剧怜⑨泡影太匆忙。
乌衣零落门庭换⑩，铜狄摩挲⑪感慨长。
剩有当年旧宾客，天留老眼看兴亡。

【作者简介】

俞樾（1821—1907），字荫甫，自号曲园居士，浙江德清人。清末著名学者、文学家、经学家、古文字学家、书法家。他是现代诗人俞平伯的曾祖父，章太炎、吴昌硕、日本井上陈政皆出其门下。清道光三十年（1850）进士，曾任翰林院编修。后受咸丰皇帝赏识，放任河南学政，被御史曹登庸劾奏"试题割裂经义"，因而罢官。遂移居苏州，潜心学术达四十余载。治学以经学为主，旁及诸子学、史学、训诂学，乃至戏曲、诗词、小说、书法等，可谓博大精深。海内及日本、朝鲜等国向他求学者甚众，尊之为"朴学大师"。

158

【注释】

① 廛（chán）：古代城市平民一户人家所居的房地。在里曰廛，在野曰庐。

②《进学解》：韩愈的一篇文章，是元和七、八年间韩愈任国子博士时所作，假托向学生训话，勉励他们在学业、德行方面取得进步，学生提出质问，他再进行解释，故名"进学解"，借以抒发自己怀才不遇、仕途蹭蹬的牢骚。文中通过学生之口，形象地突出了自己学习、捍卫儒道以及从事文章写作的努力与成就，有力地衬托了遭遇的不平；而针锋相对的解释，表面心平气和，字里行间却充满了郁勃的感情，也反映了对社会的批评。唐代孙樵称此文"拔地倚天，句句欲活，读之如赤手擒长蛇，不施鞿騎生马，急不得暇，莫可捉搦"（《与王霖秀才书》）。

③《卜居》：《楚辞》篇名，王夫之谓"卜居者，屈原试为之辞，以章己之独志也"。

④ 坛坫：这里指讲坛。

⑤ 琴书：琴和书籍，多为文人雅士清高生涯常伴之物。陶潜《归去来辞》："悦亲戚之情话，乐琴书以消忧。"

⑥ 自注：谓孙琴西同年亦主杭州紫阳书院。

⑦ 壶觞：酒器。出自陶潜《归去来辞》："引壶觞以自酌，眄庭柯以怡颜。"

⑧ 雪泥："雪泥鸿爪"的缩写，意思是大雁在雪泥上踏过留下的爪印。比喻往事遗留的痕迹。出自宋代苏轼的《和子由渑池怀旧》："人生到处知何似，应似飞鸿踏雪泥。"

⑨ 剧怜：对某一事物表示强烈的哀怜、叹息。剧：厉害、严重之意。

⑩ 此句系化用刘禹锡《乌衣巷》诗意，表达人世沧桑之叹。

⑪ 铜狄摩挲：《后汉书·方术列传·蓟子训传》："蓟子训者，不知所由来也。建安中，客在济阴宛句。有神异之道。……时有百岁翁，自说童儿时见子训卖药于会稽市，颜色不异于今。后人复于长安东霸城

见之，与一老公共摩挲铜人，相谓曰：'适见铸此，已近五百岁矣。'"
仙人蓟子训已寿几百岁，曾于霸城摩挲铜人（即铜狄），说当年曾亲见
铸它，至今已近五百年了。后以此典慨叹时光消逝，世事变迁，回首
悲感。苏轼《子由将赴南都与余会宿于逍遥堂作两绝句读之》："五百
年间谁复在，会看铜狄两咨嗟。"钱谦益："鸥夷尽日尝盛酒，铜狄他
时几问年。"

馀主讲苏州紫阳书院，而孙琴西同年适亦主讲杭州之紫阳，一时有庚戌两紫阳之目，戏作诗寄琴西

［清］俞　樾

廿年得失共命场，今日东来两紫阳。

乱后须眉都小异，狂来旗鼓尚相当。

主盟坛坫谁牛耳①，载酒江湖旧雁行②。

寄语执经诸弟子，莫争门户苦参商③。

【作者简介】

见前。

【注释】

① 牛耳：即执牛耳。古代诸侯歃血为盟，割牛耳取血，盛牛耳于珠盘，由主盟者执盘，因称主盟者为"执牛耳"。后泛指在某一方面居领导地位。

② 雁行：排行飞行的大雁，借指兄弟。

③ 参商：参星与商星，两者在星空中此出彼没，古人以此比喻彼此对立，不和睦或亲友隔绝，不能相见。南朝梁吴均《闺怨》诗："相去三千里，参商书信难。"

汤文正①从祀文庙赋诗纪事

[清] 俞 樾

宣尼②集大成，朱陆③乃分家。
异同由此起，剿说④各唱喁⑤。
伟哉潜庵叟⑥，仰扳⑦先哲踪。
是朱不非陆，万法一贯镕。
圣域得入门，奚止窥及墉⑧？
祇缘一孔论，尚阙两庑供。
我皇重儒术，尊贤若升庸。
刘⑨先汤继之，祀典光辟雍⑩。
春秋上丁日，笾豆⑪钦肃雍⑫。
是拜是遗爱，欢声腾吴侬。

【作者简介】

见前。

【注释】

① 汤文正：汤斌，字孔伯，号荆岘，晚号潜庵。河南睢州（今河南睢县）人，清朝政治家、理学家暨书法家，官至工部尚书，谥文正。汤斌一生清正廉明，是实践朱学理论的倡导者，所到之处体恤民艰，弊绝风清，政绩斐然，被尊为"理学名臣"。

② 宣尼：孔子。汉平帝元始元年追谥孔子为褒成尼宣公，后因称孔子为宣尼。

③ 朱陆：朱熹、陆九渊的并称，理学两派的代表人物。

④ 剿(chāo)说：抄袭别人的言论为己说。剿：抄取；抄袭。

⑤ 唱喁：语出《庄子·齐物论》："前者唱于，而随者唱喁。泠风则小和，飘风则大和。"成玄英疏："于、喁，皆是风吹树动前后相随之声也。"后比喻起带领或倡导作用。钱谦益《吴中名贤表扬续议》："诸公以名行显闻，世伟居其前为唱喁焉。"

⑥ 潜庵叟：即汤斌，见《注释》①。

⑦ 扳：同"攀"，攀附。《清平山堂话本·风月相思》："贱妾卑微，何敢上扳君子？"

⑧ 墉：墙。《诗·召南·行露》："谁谓鼠无牙？何以穿我墉？"

⑨ 刘：刘宗周，浙江山阴人，字起东，号念台，明万历进士，劾魏忠贤，削籍，复授工部侍郎，又因论救姜埰、熊开元革职。福王时，起原官，劾马士英等，乞归骸骨。杭州失守，绝食二十三日卒。私谥正义，清谥忠介，学者称蕺山先生。有文集等行于世。

⑩ 辟雍：学校。《礼记·王制》："大学在郊，天子曰辟雍，诸侯曰頖宫（泮宫）。"

⑪ 笾豆：祭祀用的两种礼器，竹为笾，木为豆。《礼记·礼器》："三牲鱼腊，四海九州之美味也，笾豆之荐，四时之和气也。"

⑫ 肃雍：庄严雍容，整齐和谐。形容祭祀时的气氛和乐声。《诗·周颂·清庙》："于穆清庙，肃雍显相。"

第四辑

新 学

道山亭步月①

[民国] 王朝阳

风灯②零乱处，夜色压孤城③。
废塔④铃声绝，高墙树影横。
亭虚人独立，鸟梦月三更。
诗境清如许，凋年⑤动客情。

【作者简介】

王朝阳（1883—1932），江苏省常熟市杨园沈浜村人，晚清赏赐举人，民国江苏著名教育活动家。曾任常熟县教育会会长，江苏省教育会执行干事，各县评议员。主编江苏教育会综合性教育杂志《教育研究》，主持江苏省立第一师范学校校长十年，创办吴江乡村师范和公立常熟县沈浜小学，以及"开文印刷所"，首开常熟铅字印刷业。王朝阳终身服务于教育，他为挽救中华民族危机，振兴中华，冲破封建教育制度，吸收传播西方先进的教育思想、教育方法，改革教育，建立适合中国国情的师范教育制度，培养合格的中小学师质，推动江苏教育事业的发展，功勋卓著，不可磨灭。1927年夏，江苏教育界动乱，黄炎培先生组织的江苏教育会被当局取缔，江苏大、中学校改组，王朝阳"罢职家居，旋得心疾"，不幸于1932年7月26日在苏州去世，年仅四十九岁。著有诗集《止园吟稿》，词集《柯亭残笛谱》。

【注释】

① 选自《止园吟稿》。步月：月下散步。杜甫《恨别》："思家步月清宵立。"

② 风灯：有罩能防风的灯。杜甫《漫成一绝》："江月去人只数尺，

风灯照夜欲三更。"

　　③ 夜色压孤城："压"强调夜色的浓重。此处借鉴了李贺"黑云压城城欲摧"之意境。

　　④ 废塔：当指瑞光塔，距道山最近。该塔始建于三国吴赤乌十年（247）。原为普济禅院舍利宝塔，十三级。北宋宣和年间（1119—1125）重修改为七级。相传塔上常放五色祥光，故名。清代寺毁塔存。

　　⑤ 凋年：岁暮。南朝宋鲍照《舞鹤赋》："于是穷阴杀节，急景凋年。"

绮寮怨·南园赏桂倚清真体^①

[民国] 王朝阳

徙倚疏林洗醉^②,满怀风露香。傍槛曲、蒨影^③笼寒,朦胧里、瘦损秋娘^④。山花应怜楚客^⑤,轻阴借、淡月横夜窗。怅数丛,故国西风,无人省、泪湿宫袖黄。

汉殿至今就荒,嫦娥敛怨^⑥,何心更问霓裳?瘦蝶寒螀^⑦,伴憔悴、井栏旁。长安万家碪杵^⑧,且置酒、赏孤芳。沧波^⑨梦凉,琼枝照眼处,魂黯伤。

【作者简介】

见前。

【注释】

① 选自《柯亭残笛谱》。绮寮怨:词牌名。倚清真体:按照周邦彦《绮寮怨》的词律。周邦彦,号清真居士。

② 徙倚:流连徘徊。《楚辞·远游》:"步徙倚而遥思兮,招惝恍而乖怀。"疏林:稀疏的林木。出自谢灵运《昙隆法师诔》:"开石通涧,剔柯疏林。"王昌龄《途中作》:"坠叶吹未晓,疏林月微微。"洗醉:消除醉意。

③ 蒨影:蒨,同"茜"。这里指桂树。

④ 秋娘:唐代歌伎常用的名字,有时用作善歌貌美的歌伎的通称。白居易《琵琶行》:"曲罢曾教善才服了,妆成每被秋娘妒。"这里用来借喻桂花。

⑤ 楚客:本指屈原。屈原忠而被谤,身遭放逐,流落他乡,故称"楚客"。后也泛指客居他乡的人。岑参《送人归江宁》诗:"楚客忆乡信,向

家湖水长。"这里是作者自谓。

⑥ 婵娥：指嫦娥。宋吴潜《唐多令》词："想婵娥，自古多愁。安得仙师呼鹤驾，将我去，广寒游。"敛怨：招惹怨恨。

⑦ 寒螀（jiāng）：蝉的一种，又称寒蝉、寒蜩。《礼记·月令》："（孟秋之月）凉风至，白露降，寒螀鸣。"

⑧ 碪（zhēn）杵：捣衣石和捶衣的木棒槌，这里借指捣衣。碪同"砧"。南朝宋鲍令晖《题书后寄行人》："砧杵夜不发。"唐韦应物《登楼寄王卿》："数家砧杵秋山下，一郡荆榛寒雨中。"李白《子夜吴歌》："长安一片月，万户捣衣声。"

⑨ 沧波：碧波。李白《古风》之十二："昭昭严子陵，垂钓沧波间。"

过秦楼·南园寄兴①倚清真体

［民国］王朝阳

燕掠晴空，蝶迷清昼，黯黯曲台芳树。翻风絮白，炙②日梅黄，又是困人初夏。偏爱万绿浓阴，春雨池旁，道山亭下。露红桥半面，丝杨千缕，自然图画。

空叹息、带减围腰，霜侵华鬓，暗地乱愁萦惹③。伤春兴绪，中酒④情杯，但有凤笺⑤陶写⑥。人事何如自怜，忙煞年年，花开花谢。看斜阳影里，飞尽荼蘼一架。

【作者简介】

见前。

【注释】

① 选自《柯亭残笛谱》。寄兴：寄寓情趣。宋刘过《贺新郎》："但寄兴、焦琴纨扇。"

② 炙：照射，曝晒。

③ 萦惹：牵缠。宋史达祖《贺新郎》词："楚竹忽然呼月上，被东西几叶云萦惹。"

④ 中（zhōng）酒：即病酒，醉酒。唐王建《赠溪翁》："伴僧斋过夏，中酒卧经旬。"宋张元干《兰陵王·春恨》词："中酒心情怕杯勺。"胡云翼注："饮酒成病。"

⑤ 凤笺：精美的纸张，供题诗、写信之用。因纸地有凤纹，故称。亦借指诗作或书信。

⑥ 陶写：陶冶性情，排遣忧闷。写，通"泻"，宣泄。《世说新语·言语》："年在桑榆，自然至此。正赖丝竹陶写，恒恐儿辈觉，损其乐欢之绪。"

登道山亭①

宋廷采（师范学堂二年级乙班）

郭外青山塔外云，池边柳蘸碧波纹②。
苍然古柏今犹在③，阁圮尊经淡夕曛④。

【作者简介】

事迹不详。

【注释】

① 选自苏州中学（1928—1935）校刊。

② 池：指道山两边的春雨池和碧霞池。

③ 古柏：指道山上的五代柏。

④ 阁：指尊经阁，那时在现在的础园位置。2012年异地重建，
即现在的校史室。

【翻译】

城外是隐隐青山塔外是悠悠闲云，
池边杨柳依依戏水摇动层层波纹。
道山上的苍颜古柏依旧巍然矗立，
坍圮的尊经阁闲适地沐浴着黄昏。

【点评】

作者以道山为立足点，写山顶所见：隐隐青山，悠悠闲云，池柳
戏水，苍然古柏，夕阳圮阁。有静有动，有远有近，有仰视有俯视，
多角度描绘了所见之景。

道山亭春眺集古人句^①

宋廷采

四顾山光接水光，楼台倒影入池塘。
林莺啼到无声处，漫卷诗书喜欲狂。

【注释】

① 选自苏州中学（1928—1935）校刊。集句：指的是集合前人的诗文句子，融汇成新的篇章或作品。集句诗是一种特殊的体裁，它通过集合古人的名句，经过重新整合，赋予这些句子以新的创意和表达，形成一首新的诗作。

【点评】

集句看似集取别人的诗句成诗，但难度很大，首先要有非常丰富的阅读量；二是格律要符合要求；三是集取的四句组合成新诗后意境意思要统一，不能有生硬拼凑的感觉。这首集句诗是符合这些基本要求的。这首诗写的是春登道山之所见所闻所感。前两句写所见，第三句写所闻，最后一句写所感。整体表现的是美景和闲适愉悦之情。格律是仄起首句入韵式。这四句诗分别出自以下四首诗：

鄂州南楼书事

宋·黄庭坚

四顾山光接水光，凭栏十里芰荷香。
清风明月无人管，并作南楼一味凉。

山亭夏日

唐·高 骈

绿树阴浓夏日长，楼台倒影入池塘。

水晶帘动微风起，满架蔷薇一院香。

春暮

宋·曹 豳

门外无人问落花，绿阴冉冉遍天涯。

林莺啼到无声处，青草池塘独听蛙。

闻官军收河南河北

唐·杜 甫

剑外忽传收蓟北，初闻涕泪满衣裳。

却看妻子愁何在，漫卷诗书喜欲狂。

白日放歌须纵酒，青春作伴好还乡。

即从巴峡穿巫峡，便下襄阳向洛阳。

登道山亭①

钱　烈

振衣独步道山巅，细软如茵尽馥荃②。

满袖花飞红雨润，一池波动碧漪涟。

新荷出水情堪爱，媚柳迎风态自妍。

古貌濂溪犹可接③，沧桑世变几经迁。

【作者简介】

　　写此诗时作者是江苏师范学堂二年级乙班的学生，其后事迹不详。

【注释】

　　① 选自选自苏州中学（1928—1935）校刊 60、61 期，1932 年 3 月。

　　② 馥荃：香气浓郁的草。

　　③ 古貌濂溪犹可接：濂溪源出于江西省九江市的庐山莲花峰脚下，西北流入九江市龙开河，最后注入长江。周敦颐晚年移居江西庐山莲花峰下，峰前有溪，因取旧居濂溪以为水名，并自以为号，世称濂溪先生。道山之名有一说是源于对周敦颐的崇敬。

【点评】

　　首句扣题，接下来三联均写山巅之所见：香草、飞花、碧波、新荷、媚柳等意象，表明这是初春，大自然呈现出一派盎然的生机。尾联写所感，有眼前的道山想到宋代的理学大师周敦颐，表达世事变迁的感慨。

第五辑

附 录

一、王国维在苏州师范学堂任职期间写苏州的诗词

王国维于1904年夏受罗振玉之邀来江苏师范学堂任职，到1906年离开去北京任职，在苏州工作了三个年头。这个几年是王国维一生最重要的时期之一。他涉猎广泛，哲学、史学、甲骨文、红学、文学无所不包，且各领域都有开拓性贡献乃至奠基性贡献。在苏州任职的几年是他文学创作最丰硕的时期，他的诗词绝大部分都是在苏州期间创作的，因此是作为文学家的王国维形成的时期。他虽然没有直接写江苏师范学堂的诗词，但写了不少苏州景点的诗词。现收录几篇可以帮助我们了解王国维在师范学堂任职期间的生活和心情。

青玉案①

[清] 王国维

一

江南秋色垂垂暮，算幽事②，浑无数。日日沧浪亭畔路。西风林下，夕阳水际，独自寻诗去。

可怜愁与闲俱赴，待把尘劳截愁住。灯影幢幢天欲曙。闲中心事，心中情味，并入西楼雨。

二

姑苏台上乌啼曙，剩霸业，今如许？醉后不堪仍吊

179

古。月中杨柳，水边楼阁，犹自教歌舞。

野花开遍真娘墓③，绝代红颜委朝露。算是人生赢得处：千秋诗料，一抔黄土，十里寒螀（jiāng）语。

【作者简介】

王国维（1877—1927），初名国桢，字静安，初号礼堂，晚号观堂，又号永观，谥忠悫。汉族，浙江省海宁州（今浙江省嘉兴市海宁）人。王国维是中国近、现代相交时期一位享有国际声誉的著名学者。他早年追求新学，接受资产阶级改良主义思想的影响，把西方哲学、美学思想与中国古典哲学、美学相融合，研究哲学与美学，形成了独特的美学思想体系，继而攻词曲戏剧，后又治史学、古文字学、考古学。郭沫若称他为新史学的开山，不止如此，他平生学无专师，自辟户牖，成就卓越，贡献突出，在教育、哲学、文学、戏曲、美学、史学、古文学等方面均有深诣和创新，为中华民族文化宝库留下了广博精深的学术遗产。

光绪三十年（1904）夏，江苏巡抚端方过上海，聘罗振玉为江苏教育顾问，议设师范学堂于苏州。罗氏赴苏任学堂监督，并聘王国维为教习。任教的同时开展哲学和美学文学方面的学术研究和创作。是年王国维二十七岁，罗振玉三十八岁。1906 年，王国维又由罗振玉举荐去北京工作，离开了师范学堂。《人间词话》和《宋元戏曲考》就是这以后几年的学术成果。《人间词话》成书于 1910 年，《宋元戏曲考》成书于 1912 年，1915 年商务印书馆初版时候更名《宋元戏曲史》，这是中国最早的一部关于戏曲历史的书籍。王国维的诗词绝大部分是在苏州师范学堂任职时创作的。

【注释】

① 选自《王国维全集》浙江教育出版社 2010 年出版。这两首词

都是作者在江苏师范学堂任教期间所创作的，时间在 1905 年前后。

② 幽事：雅事。杨万里《癸亥上巳即事》诗："晒书仍焙药，幽事也劳神。"吴伟业《梅花庵同林若抚话雨联句》："清斋幽事足，良会逸情兼。"

③ 真娘：唐代歌妓、吴中名妓，本名胡瑞珍。唐代范摅《云溪友议》卷六："真娘者，吴国之佳人也，时人比喻钱塘苏小小，死葬吴宫之侧，行客慕其华丽，竞为诗题于墓树。"阎尔梅《观虎丘祭厉坛者》："短簿簪花傩厉鬼，生公举箸饭真娘。"沉砺《虎丘吊阖闾》："真娘声价艳千秋，多少新诗咏虎丘。"真娘墓位于虎丘山，上有一凉亭。

五月二十三夜出阊门驱车至觅渡桥①

［清］王国维

小斋竟日兀营营，忽试霜蹄四马轻②。

萤火时从风里堕，雉垣偏向电边明③。

静中观我原无碍，忙里哦诗却易成④。

归路不妨冒雷雨，兹游快绝冠平生⑤。

【注释】

① 选自《王国维全集》，浙江教育出版社 2010 年出版。

② 竟日：终日，从早到晚。欧阳修《桃源忆故人》："眉上万重新恨，竟日无人问。"营营：忙碌的样子。霜蹄：马蹄。出自《庄子·外篇·马蹄》："马，蹄可以践霜雪，毛可以御风寒，龁草饮水，翘足而陆，此马之真性也。"

③ 雉垣：城上短墙，又称女墙。

④ 观我：见《易》"观我生进退"。静观亦是佛教与理学常用语。刘禹锡《宿诚禅师山房题赠二首》之一："众音徒起灭，心在静中观。"又，程颢《秋日偶成》之二："万物静观皆自得。"无碍：佛教语。恶业引起烦恼困惑，扰乱身心，称为阻碍。无碍，即无阻障。

⑤ 末句语本苏轼《六月二十日夜渡海》："九死南荒吾不恨，兹游奇绝冠平生。"极写作者欣悦之情。

【翻译】

我独在小书斋终日役役营营，忽乘马车游览四马奔驰蹄轻。

萤火虫不时从风中飘忽堕落，电光闪耀城墙雉堞看得分明。

在静心中观照自我原本无碍，忙碌中吟诗却每每容易写成。

归来的路上我不妨冒着雷雨，这次游览痛快至极称冠平生。

【点评】

　　王国维在苏州工作期间，读书著述；暇日则出游，饱览吴地名胜。此诗写夏夜从阊门至觅渡桥游览的所见所感，意象明快，心情愉悦，在王国维诗中少见。

九日游留园^①

［清］王国维

朝朝吴市踏红尘，日日萧斋兀欠伸^②。

到眼名园初属我，出城山色便迎人^③。

奇峰颇欲作人立，乔木居然阅世新^④。

忍放良辰等闲过，不辞归路雨沾巾^⑤。

【注释】

① 选自《王国维全集》，浙江教育出版社 2010 年出版。

② 萧斋：书斋。唐张怀瓘《书断》："武帝造寺，令萧子云飞白大书'萧'字，至今一字存焉。"后人称寺庙、书斋为"萧斋"。兀：兀自，仍然。欠伸：打阿欠，伸懒腰。

③ 初属我：指初来乍到。

④ 奇峰：指留园中的太湖石。如留园三峰中的冠云峰，高达九米，为北宋花石纲之遗物。阅世：经历世事。

⑤ 等闲：轻易。

【翻译】

我朝朝奔走于苏州滚滚的红尘，日日在书斋里读书把懒腰来伸。

这座名园初次入眼为我所领略，才出城外美好山色便欢喜迎人。

挺拔的奇峰像人一般兀然而立，高大的乔木经历世事姿容焕新。

我怎忍心这良辰美景轻易流失，不忍归去哪怕秋雨沾湿了衣巾。

【点评】

光绪三十年（1904）夏，江苏巡抚端方过上海，聘罗振玉为江苏教育顾问，议设师范学堂于苏州。罗氏赴苏任学堂监督并聘王国维为教习。此诗写于 1904 年王国维到苏州任职不久，是这年重九游留园时所作。通篇流露出作者步出书斋陶醉自然美景的喜悦心情。

留园玉兰花（乙巳）①

[清] 王国维

庭中新种玉兰树，枝长干短花无数。

灿如幼女冠六珈，踯躅墙阴不能步②。

今朝送客城西隅，留园名花天下无。

拔地扶疏三四丈，倚天绰约百馀株③。

我上东楼频目极，楼西花海花西日。

海上银涛突兀来，日边瑶阙参差出④。

南圃辛夷亦已花，雪山缺处露朝霞⑤。

闲凭危槛久徙倚，眼底层层生绛纱⑥。

窈窕吴娘自矜许，却来花底羞无语⑦。

直令椒麝黯无香，坐使红颜色消沮⑧。

将归小住更凝眸，暝色催人不可留。

归来径卧添愁怅，万花倒插藻井上⑨。

【注释】

① 选自《王国维全集》，浙江教育出版社 2010 年出版。

② 六珈：古代妇女发簪上的玉饰。《诗经·君子偕老》："君子偕老，副笄六珈。委委佗佗，如山如河。"笄上加玉饰称为珈，珈数多少不一。六珈则为侯伯夫人之饰。

③ 扶疏：枝叶茂盛纷披之状。

④ 瑶阙：琼楼玉阙。

⑤ 辛夷：即木兰花，也叫木笔花，有白玉兰，有红玉兰，观赏性极强。

⑥ 徙倚：徘徊；流连不去。《楚辞·远游》："步徙倚而遥思兮，怊

恼怵而乖怀。"绛纱：红纱。纱，绢之轻细者。

⑦ 吴娘：吴地美女。自矜：自负。这里以吴娘作衬突出玉兰花之美。

⑧ 椒麝：麝，哺乳动物，形状像鹿，较小，雄的肚脐和生殖器之间有腺囊，能分泌麝香（名贵药材）。通称香獐子。消沮：削减；减弱。

⑨ 藻井：天花板。因常绘有文彩，状如井干形，故称。

【翻译】

庭中新种了很多玉兰树，枝长干短鲜花开了无数。
灿烂如少女头上的首饰，墙阴踯躅徘徊难以举步。
今朝送客来到城西一角，留园的名花全天下所无。
它们拔地而起高达数丈，姿态高大美妙有百余株。
登上东楼频频极目远眺，楼西一片花海映照白日。
仿佛海上白浪突然涌来，日边琼楼玉阙参差高出。
南圃的辛夷树亦已开花，好比雪山缺处露出朝霞。
闲凭栏干久久流连不去，眼底好像生起层层红纱。
美丽的吴娘一向很自负，来到花底时却羞愧无语。
香味直教椒麝黯淡失却，更使年青姑娘容颜褪色。
准备回去了还凝眸细看，可是暮色催人不得久留。
归来后径直卧床添惆怅，只见万花倒挂天花板上。

【点评】

此诗作于光绪三十一年（1905）春。王国维对玉兰花有特别深的感情。辛亥年东渡日本，作《昔游》诗以寄故国之思，犹念念不忘苏州天平山中数百株烂漫向晴天的玉兰花。留园为王国维在苏州常游之地，园中景点甚多，王国维唯作诗专咏玉兰。此诗在风格上亦不类他作，语势畅健，似从韩愈咏李花诸作中来。也许在苏州的一年多，是王国维一生中最适意的日子吧。

二、本书诗词常用词语汇编

1. 极目：满目，充满视野。岑参的《山房春事》："梁园日暮乱飞，极目萧条三两家。"

2. 回塘：曲折的堤岸。李善注引《广雅》："塘，堤也。"这里指环曲的水池。温庭筠《商山早行》诗："因思杜陵梦，凫雁满回塘。"

3. 向老：将近老，接近老。向：将近，接近。李商隐《乐游原》："向晚意不适，驱车登古原。夕阳无限好，只是近黄昏。"梅尧臣《和应之还邑道中见寄》："向老思旧交，欲见恨无翅。"

4. 醉乡：酒醉后精神所进入的昏沉、迷糊境界。

5. 承平：长久太平。

6. 茂遂：茂盛，旺盛。

7. 岩霖：山上的雨水。

8. 春馀：春天将尽未尽之时。南朝梁元帝《采莲赋》："夏始春余，叶嫩花初，恐沾裳而浅笑，畏倾船而敛裾。"

9. 般斤：古代巧匠鲁班的斧头。汉扬雄《法言·君子》："般之挥斤，羿之激矢；君子不言，言必有中也。"后以"般斤"喻大匠的技能。

10. 匠石：古代一位名叫石的工匠。《庄子·徐无鬼》："庄子送葬，过惠子之墓，顾谓从者曰：'郢人垩慢其鼻端，若蝇翼，使匠石斲之。匠石运斤成风，听而斲之，尽垩而鼻不伤，郢人立不失容。宋元君闻之，召匠石曰："尝试为寡人为之。"匠石曰："臣则尝能斲之。虽然，臣之质死久矣。"自夫子之死也，吾无以为质矣！吾无与言之矣。'"后用以为巧匠的代称。

11.宝构：壮丽的建筑物。

12.官冷：清闲无事之意。元代仇远《官冷》："家贫累重须干禄，官冷身闲可读书。"

13.离叶：茂盛的叶子。离：即离离，浓密盛多的意思。白居易《赋得古原草送别》："离离原上草，一岁一枯荣。"

14.惟乔：即厥木惟乔简称，意思是树木茁壮成长、高大挺拔。语本《书·禹贡》："厥草惟夭，厥木惟乔。"孔传："少长曰夭；乔，高也。"古人在判断句或描写句中，用一个惟字或维字，大多是为了加强句子的语气或足音节足句。

15.顾詹：回首瞻望。《史记·周本纪》："我南望三涂，北望岳鄙，顾詹有河，粤詹雒伊，毋远天室。"

16.轻绡：一种透明而有花纹的丝织品。

17.后昆：后代，后嗣。王维《同卢拾遗韦给事东山别业二十韵》："盛德启前烈，大贤钟后昆。"苏轼《吊徐德占》诗："死者不可悔，吾将遗后昆。"

18.衡门：横木为门，指简陋的屋舍。语出《诗经·陈风·衡门》："衡门之下，可以栖迟。"也指隐士的居处：寝迹衡门下，邈与世相绝。

19.翠袖：青绿色衣袖。泛指女子的装束，也代指女子。杜甫《佳人》："天寒翠袖薄，日暮倚修竹。"苏轼《王晋叔所藏画跋尾·芍药》："倚竹佳人翠袖长，天寒犹著薄罗裳。"

20.崇阜：高冈，高丘。

21.元气：泛指宇宙自然之气。《楚辞·王逸〈九思·守志〉》："食元气兮长存。"原注："元气，天气。"唐刘长卿《岳阳馆中望洞庭湖》："叠浪浮元气，中流没太阳。"

22. 迢递（tiáo dì）：遥远貌。

23. 华清：犹太清，指太空。明代陈所闻《念奴娇序·云住阁为欧阳平林青林长林题》套曲："蓦地云开，皎然月出，恍疑骑鹤上华清。"

24. 明淑：本指贤明和淑。《后汉书·冯衍传上》："今大将军以明淑之德，秉大使之权，统三军之政，存抚并州之人。"明杨慎《黄母聂太夫人墓志铭》："性仁慈明淑，俭勤敬慎，弗好侈靡。"这里指清明静淑。

25. 演漾：水波荡漾。

26. 蔼蔼：形容草木茂盛。

27. 鸣琴：指以礼乐教化人民，达到"政简刑清"的统治效果。旧时常用做称颂地方官的谀词。出处《吕氏春秋·察贤》："宓子贱治单父，弹鸣琴，身不下堂，而单父治。"后有"鸣琴而治"一词。

28. 青衿：青色交领的长衫，是古代学子的长服，借指学子。《诗·郑风·子衿》："青青子衿，悠悠我心。"毛传："青衿，青领也。学子之所服。"曹操《短歌行》："青青子衿，悠悠我心。但为君故，沉吟至今。"

29. 槎枒：树木枝杈歧出貌。

30. 林杪：树梢。陆机《感时赋》："猿长啸于林杪，鸟高鸣于云端。"

31. 怊（chāo）怅：悲伤失意的样子。《楚辞·九辩》："心摇悦而日幸兮，然怊怅而无冀。"皎然《奉送陆中丞长源诏征入朝》诗："归心复何奈，怊怅在江滨。"

32. 溟漾：荡漾。

33. 迥（jiǒng）出：高耸貌。高出，超过。

34. 颛（zhuān）门：谓独立门户，自成一家。颛，通"专"，专长。

35. 训诂：解释古书中字句的意义。

36. 伊洛：伊水与洛水，两水汇流，多连称。亦指伊洛流域。因程颐、程颢曾讲学于伊、洛之间，故伊洛又指程颢、程颐的理学。

37. 关闽："关"指关中张载；"闽"指讲学于福建的朱熹。宋代理学有四个学派：濂、洛、关、闽。"濂"指濂溪周敦颐："洛"指洛阳程颢、程颐。

38. 羲黄：伏羲与黄帝的并称。柳宗元《献弘农公五十韵》："茂功期舜禹，高韵状羲黄。"范仲淹《依韵答提刑张太傅尝新酝》："长戴尧舜主，尽作羲黄民。"

39. 九有：即九州。《诗·商颂·玄鸟》："方命厥后，奄有九有。"毛传："九有，九州也。"

40. 弦诵：弦歌和诵读，指学校教学弦诵不辍。《礼记·文王世子》："春诵，夏弦。"郑玄注："诵谓歌乐也，弦谓以丝播诗。"孔颖达疏："诵谓歌乐者，谓口诵歌乐之篇章，不以琴瑟歌也。云弦谓以丝播诗者，谓以琴瑟播彼诗之音节，诗音则乐章也。"后亦以称诗礼教化或学校教育。

41. 黉（hóng）宫：学校，学宫。

42. 杰阁：高阁。文徵明《鸡鸣山凭虚阁》："金陵佳胜石头城，杰阁登临正雨晴。"

43. 黾（mǐn）勉：坚持；努力。

44. 苍官：松或柏的别称。

45. 舆凤："鸾舆凤驾"的简写。指华丽的宫廷车舆，代指皇帝。

46. 宣尼：指孔子。汉平帝元始元年追谥孔子为褒成宣尼公，后因称孔子为宣尼。见《汉书·平帝纪》。

47. 悬车：古人年七十辞官家居，废车不用，故曰悬车。

48. 乘衅：利用机会，趁机钻空子。《三国志·魏志·臧洪传》："汉室不幸，皇纲失统，贼臣董卓乘衅纵害。"

49. 宫墙：源见"夫子墙"。喻称高尚的道德和高超的学问。袁枚《再赠中丞》诗："贱子仰宫墙，六年不敢窥。"

50. 剡藤：剡溪出产的藤可以造纸，负有盛名，后因称名纸为剡藤。唐李肇《唐国史补》卷下："纸则有越之剡藤苔笺。"

51. 微度：是缓慢飘动的意思。出自张元干《贺新郎》："疏星淡月，断云微度。"天章五字：天章，指帝王的诗文。五字：指乾隆帝称沈德潜为"江南老名士"五个字。

52. 翘秀：杰出人才，出类拔萃。葛洪《抱朴子·勗学》："陶冶庶类，匠成翘秀。"

53. 章缝："章甫缝掖"的省说。指儒者或儒家学说。

54. 法程：法则；程式。《吕氏春秋·慎行》："为义者则不然，始而相与，久而相信，卒而相亲，后世以为法程。"贾谊《治安策》："立经陈纪，轻重同得，后可以为万世法程。"

55. 希贤：谓仰慕贤者，愿与之齐等。周敦颐《通书·志学》："圣希天，贤希圣，士希贤。"

56. 鼓箧（qiè）：即击鼓开箧，古时入学的种仪式。借指负箧求学。

57. 行役：因公务而跋涉在外。《诗·魏风·涉岵》："嗟，予子行役，凤夜无已。"

58. 耆（qí）寿：高寿。

59. 契道：投合、契合道义。

60. 胸次：胸间，亦指胸怀。《庄子·田子方》："行小变而不失其大常也，喜怒哀乐不入于胸次。"黄庭坚《题高君正适轩》："豁然开胸次，风至独披襟。"

61. 雁外：辽阔的天际。

62. 结契：结交相得，交谊深厚。冯梦龙《警世通言·俞伯牙摔琴谢知音》："下官碌碌风尘，得与高贤结契，实乃生平之万幸。"清代恽敬《与余铁香书》："讲习无专门之师，结契无高世之士。"

63. 燃藜：旧传用藜为燃料，可传火彻夜。后用以燃藜比喻勤学、夜读。刘克庄《灯夕》："蓬窗亦有精勤士，何必燃藜向石渠。"

64. 讵（jù）敢：怎敢，岂敢。

65. 丹梯：红色的台阶，喻仕进之路。谢灵运《拟魏太子邺中集诗阮瑀》："蹑步陵丹梯，并坐侍君子。"

66. 黄卷：指书籍。葛洪《抱朴子·疾谬》："杂碎故事，盖是穷巷诸生，章句之士，吟咏而向枯简，匍匐以守黄卷者，所宜识。"

67. 食德：享受先人的德泽。语本《易·讼》》："六三，食旧德。"

68. 胶庠：周代学校名。大学为胶，小学为庠。后统称学校为胶庠。

69. 壶觞：酒器。出自陶潜《归去来辞》："引壶觞以自酌，眄庭柯以怡颜。"

70. 雪泥："雪泥鸿爪"的缩写，意思是大雁在雪泥上踏过留下的爪印。比喻往事遗留的痕迹。出自宋代苏轼的《和子由渑池怀旧》："人生到处知何似，应似飞鸿踏雪泥。"

71. 剧怜：对某一事物表示强烈的哀怜、叹息。剧：厉害、严重之意。

72. 牛耳：即执牛耳。古代诸侯歃血为盟，割牛耳取血，盛牛耳于珠盘，由主盟者执盘，因称主盟者为"执牛耳"。后泛指在某一方面居领导地位。

73. 雁行：排行飞行的大雁，借指兄弟。

74. 参商：参星与商星，两者在星空中此出彼没，古人以此比喻彼此对立，不和睦或亲友隔绝，不能相见。南朝梁吴均《闺怨》诗："相去三千里，参商书信难。"

75. 步月：月下散步。杜甫《恨别》："思家步月清宵立。"

76. 凋年：岁暮。南朝宋鲍照《舞鹤赋》："于是穷阴杀节，急景凋年。"

77. 楚客：本指屈原。屈原忠而被谤，身遭放逐，流落他乡，故称"楚客"。后也泛指客居他乡的人。岑参《送人归江宁》诗："楚客忆乡信，向家湖水长。"这里是作者自谓。

78. 沧波：碧波。李白《古风》之十二："昭昭严子陵，垂钓沧波间。"

79. 幽事：雅事。杨万里《癸亥上巳即事》诗："晒书仍焙药，幽事也劳神。"吴伟业《梅花庵同林若抚话雨联句》："清斋幽事足，良会逸情兼。"

80. 霏微：雾气、细雨等弥漫的样子。

81. 尘鞅：世俗事务的束缚。

82. 灵籁：优美动听的乐音。孔尚任《桃花扇·入道》："共听灵籁，同饮仙浆。"

83. 瑶琴：用玉装饰的琴。南朝宋鲍照《拟古》之七："明镜尘匣中，瑶琴生网罗。"王昌龄《和振上人秋夜怀士会》："瑶琴多远思，更为客中弹。"

84. 手泽：犹手汗。后多用以称先人或前辈的遗墨、遗物等。《礼记·玉藻》："父没而不能读父之书，手泽存焉尔。"孔颖达疏："谓其书有父平生所持手之润泽存在焉，故不忍读也。"

85. 品物：万物。《易·乾》："云行雨施，品物流形。"

86. 缁衣：本指古代用黑色帛做的朝服，泛指黑色衣服。

87. 绛帐：讲座或师长的美称。李商隐《过故崔兖海宅与崔明秀才话旧》："绛帐恩如昨，乌衣事莫寻。"

88. 旅翮（hé）：迁飞的鸟。翮：鸟羽的茎状部分，中空透明，指鸟的翅膀。这里代指鸟。谢朓《拜中军记室辞隋王笺》："沧溟未运，波臣自荡；渤澥方春，旅翮先谢。"

89. 因依：倚傍，依托。阮籍《咏怀》诗："回风吹四壁，寒鸟相因依。"

90. 俦侣：伴侣。嵇康《兄秀才公穆入军赠诗》："徘徊恋俦侣，慷慨高山陂。"

91. 差池：差错。韩愈《寄崔二十六立之》："每旬遗书我，竟岁无差池。"

92. 稻粱谋：本指禽鸟寻觅食物，多用以此喻人谋求衣食。杜甫《同诸公登慈恩寺塔》："君看随阳雁，各有稻粱谋。"

93. 简策：在竹片和木板上书写文章，编连成册的书籍。泛指书籍。

94. 培（pǒu）塿（lǒu）：小土丘。《左传·襄公二十四年》："培塿无松柏。"

95. 华嵩：华山，嵩山。常用以比喻崇高或高大。

96. 雰（fēn）雺（méng）：昏暗污浊的空气。

97. 蓬莱宫：蓬莱宫，唐宫名。在陕西省西安市北龙首原上。原名大明宫，高宗时改为蓬莱宫。代指朝廷。杜甫《莫相疑行》："忆献三赋蓬莱宫，自怪一日声烜赫。"

98. 重瞳：指舜帝，传说他双瞳。代指像舜一样的圣明天子。

99. 传注：解释经籍的文字。传：注释或阐述经义的文字。

100. 蕴崇：积聚；堆积。《左传·隐公六年》："为国家者，见恶，如农夫之务去草焉，芟夷蕴崇之。"杜预注：蕴，积也；崇，聚也。

101. 剩买：多买。

102. 活翠：鲜活的植被。

103. 帝力：帝王的作用或恩德。

104. 幽奇：幽雅奇妙。

105. 径桃：路旁的桃树。

106. 弭盖：谓控驭车驾徐徐而行。盖：车盖，借指车。李益《将赴朔方早发汉武泉》诗："弭盖出故关，穷秋首边路，问我此何为，平生重一顾。"

107. 成结：结婚。宋代孟元老《东京梦华录·娶妇》："次下财礼，次报成结日子。"

108. 里人：同里的人，同乡。

109. 冬烘：迂腐，浅陋。含讽刺意。范成大《冬日田园杂兴》之十："长官头脑冬烘甚，乞汝青钱买酒回。"金代王良臣《送任李二生赴举》："主司不是冬烘物，五色迷人莫浪忧。"

110. 皋比：古人坐虎皮讲学，后因以指讲席。鲁迅《集外集拾遗·怀旧》："而仰圣先生一家，独不殉难而亡，亦未从贼而死，绵绵至今，犹巍然拥皋比为予顽弟子讲'七十而从心所欲不逾矩'。"

111. 翠绡：绿色的薄绢。杜牧《题池州弄水亭》："弄水亭前溪，飐滟翠绡舞。"秦观《八六子》词："素弦声断，翠绡香减。"陈亮《水龙吟·春恨》："罗绶分香，翠绡封泪，几多幽怨！"

112. 楩（pián）梓：黄楩树与梓树两种大木。比喻栋梁之材。

113. 来者：将来的人，后辈。《论语·子罕》："后生可畏，焉知来者之不如今也？"

编后记

溯源苏州中学的办学历史，自 1035 年始，至今已近千年，所留下的校史资料丰富多彩、卷帙浩繁。各个阶段均已有较系统的校史书籍问世，如"府学"和"紫阳书院"阶段有杨镜如先生编写的《苏州府学志》和《紫阳书院志》；新学阶段至 1949 年，有金德门先生主编的《苏州中学校史》；1949 年—1999 年有蔡大镛先生主编的《苏州中学校史》。这些校史构成了苏州中学创办以来较完整的校史序列。

记载、描写苏州中学建筑、景点、事件、人物活动等的诗歌是苏州中学校史的形象化留存，它因精细而往往难以入史，但又因为精细而构成了苏州中学的血肉，丰满了苏州中学的校史。杜甫的诗歌被称为"诗史"其意义就在于此。但历代诗人咏苏中的诗歌一直没人作系统的整理，这是苏中校史的一块空白。为了填补校史的这块空白，我从 2021 年进入校史研究室开始就着手搜集整理这方面的资料，历时两年多的时间，现已基本完成。

该书共选录了从范仲淹办学开始至民国期间共四十五人的一百五十九首诗词。这些诗歌主要分散于苏州地方志及作者别集中，比如民国王朝阳写苏州中学的作品就出自他的诗集《止园吟稿》和词集《柯亭残笛谱》。选编原则是：凡是描写苏州中学校内建筑、校内景点、校内事件的能选则选，如写尊经阁、道山亭等古建筑；写道山、泮池等景点；写乾隆六次来我校等事件。这一部分构成该书的主体。南园是苏州较早、规模最大的园林，而苏州中学就是取南园一隅而建，而且校园内依然有南园时的建筑遗存——道山、碧霞池和春雨池，因此南园与苏州中学有着天然的血缘关系，故咏南园及南园内景物的诗词也列入其中。

　　为了便于阅读，每首作品都做了详细的注释，部分较难读的作品还作了翻译。为了体现"校史"的功能，我不仅从文字、文学的角度注释词意，还注意了"以诗带史"，如对"南园""尊经阁""道山""道山亭""泮池"等的注释，就简要交代了它们变迁的历史，这样在读诗的同时也在读史。

　　全书按照编年体例编写，便于体现"史"的特点。

　　由于资料浩繁，本人阅读范围和能力的限制，遗珠之憾、注释力有不逮之处在所难免，诚恳欢迎大方之家不吝雅正，尤其欢迎博学之士提供新的资料，以便补充完善。

闵凡军

2023 年 3 月 9 日